ベスト時代文庫

雪中花

やさぐれ三匹事件帖

和田はつ子

ベスト時代文庫

KKベストセラーズ

目次

この作品はベスト時代文庫のために書き下ろされたものです。

一話　師走厄

一

江戸の町では朝から、ちらちらと小雪が降りだしていた。年の瀬である。布団の中で目を醒《さ》ました園田孝陽《そのだこうよう》は、

「寒い」

と一言呟《つぶや》いて、今日は往診に出ることもないと思い返すと、ほっと息をつき、またうとうとと眠り込んだ。

孝陽は蘭方医である。腕がよいと評判で、往診に呼ばれることが多い。孝陽宅を訪れる患者は圧倒的に女が多かった。蘭方といえば、西洋の外科器械を用いた手術とやらばかりだと思い込んでいる世間の輩《やから》は、

「あの先生は助平なのさ、何を治療しているか、わかったもんじゃねえ」

などとやっかみ半分で陰口を叩いているが、蘭方医といえども、漢方を用いて内科の治療もするのである。

一方、孝陽に喧嘩の傷や火事場の火傷《やけど》の手当てをしてもらった男たちは口を揃えて、

「園田先生は仏頂面で荒っぽいが腕は確かだ」

太鼓判を押している。また、病気で泣いている子供を、偶然通りかかった孝陽に助けてもらった長屋のおかみさんたちも、

「あれでいくらか優しいところもあるようだよ」

と褒《ほ》めた。とにかく、風変わりな名医であった。

曇った雪空のせいで、どれほど時が経《た》ったかわからない。再び目が醒めて、

――疲れた――

横になったまま、両腕を大きく上に伸ばした。

――それにしても、昨日は窮屈この上なかったな――

昨日起きたことを思い返していた。

昨日の昼すぎ、孝陽は頼まれて芝の石山藩上屋敷まで出向いた。藩主石山《いしやま》伊予守《いよのかみ》の息女が長患《ながわずら》いだった。江戸家老に何とか助けてほしいと懇願されたのだった。

肥満して白くむくんだふく姫の顔を見たとたん、〝また、贅沢病《ぜいたくびょう》か〟と孝陽はうんざりした。贅沢三昧《ざんまい》ができる、大名や大店《おおだな》の主に多い病であった。喉《のど》が渇《かわ》き、手足が痺《しび》れ、時には失明することもある。

ふく姫は蚊の鳴くような声でぼそぼそと病状を訴えた。頭痛がする、腹部が張って重い――。しかし、孝陽が月の障《さわ》りについて問うと、真っ赤な顔でうつむいてしまった。

――はて、このような病ならば、法眼《ほうげん》たちが得意とするもののはず。なにゆえに俺のような医者に診よというのか――

合点がいかない孝陽ではあったが、こんなこともあろうかと、携えていった丸薬を取り出し、

「毎日、これを五粒ずつ、日に三度飲まれて、十日も続けられれば、必ず、恢復《かいふく》の兆《きざ》しがあらわれます。湯呑み一杯の湯か水で飲み下すこと。ただし、くれぐれも他に何も口にしてはなりません」

と言った。

その丸薬は孝陽の家の裏庭に生えている、ハシバミの木の実を乾かして粉に挽《ひ》き丸めたものである。とりたてて薬効はない。だが、ハシバミは榛栗ともいい、飢饉《ききん》の際

には食に代わる。過食による病のふく姫には最適であった。

孝陽は評判を聞きつけた大店の主や、石高の高い旗本に呼ばれることはあったが、

——大名家とはな——

大名家となると、いかに石山藩が石高二万石の小大名とはいえ、はじめてであった。とりたてて誉《ほま》れとは思わなかったが、診療代は期待通りであった。

——これで多少の払いはつくだろう——

年末は掛け取りといって、各商店が顧客を回って取り立てをする。

診療が終わると、孝陽は土産なども貰って、京橋水谷町の自宅に向かった。

——しかし、何とまあ、手際の悪い連中であったことか——

孝陽は途中、いきなり、何人かの侍たちに取り囲まれ、斬りつけられたのである。

——昨夜は新月、凍花剣《とうかけん》が冴える月夜とは言い難かったが——

孝陽は剣の達人でもある。光を集めて向かってくる相手を眩惑させた隙に踏み込んで、勝負を決める。振りかぶってくる孝陽の刃が、相手の目に凍りついた花吹雪のように見える。この幻想的な凍花剣、ことに満月の日には最強であった。幸い今まで負け知らずである。

——泰平の世だ。所詮《しょせん》、藩士の腕もあのようなものであろう——

　孝陽は斬りかかってこられて、自分が蹴散らした男たちが、石山藩の者たちだとわかっていた。中の一人が、

「ふく姫様の秘密を知った者は、たとえ町医者であろうとも、生かしてはおけぬ」

と息巻いたのだ。

　孝陽が、

「秘密とは何か？　まさか、病になるほど肥えていることではあるまいな」

　馬鹿馬鹿しくなって訊き返した。一瞬相手はたじろいだ。

「輿《こし》入れ前のふく姫様は世に美形で知られている——」

「案じることはない。ふく姫も十日、いや一月ばかりの養生で美形に近くなるだろう」

　孝陽はうなずき、かまえた刀を引きかけると、

「いや、だめだ」

　相手は刀を手にして前へと進み出た。

「やめておけ。怪我をするだけだ。誓ってこのことは他言せぬ。石山藩に忠誠を誓おうぞ」

　ひたすら孝陽は諌《いさ》めた。

　すると相手は、

「ならば、もう、わが藩には近づいてくれるな。ふく姫様がおまえを呼んだのはな、巷《ちまた》の噂で聞かれ、瓦版屋の描くおまえの顔をご覧になって、いつしか恋い焦がれられ、おまえの処方ならば、痩せてみてもいいなどと駄々をこね続け、とうとう江戸家老様を動かされたからなのだ」

鋭い目で孝陽を睨《にら》みつけた。

孝陽は、

――とんだ我《わ》が儘《まま》姫ではないか。しかし、そんな我が儘に従う方もどうかしている――

一瞬むっとした。

――実際に会ってもいない相手に懸想《けそう》するとは……。信じられんが、女にはそういうところがあるのかもしれぬ――

と、この場で怒るのは得策ではないと判断して、考え直した。

――こちらから願い下げだ――

内心、憮然とした思いながら、

「わかった、わかった。決して石山藩にもふく姫にも近づかぬゆえ、どうか、ご安心あれ」

大声で約束すると、相手はやっと刀を引いて走り去った。
その後、いささか、ひやりとして、
――災難であった――
あの時、説得が上手く運ばなければ、あちらは多勢、光の少ない新月でもあり、凍
花剣の命運が尽きて、こちらが命を落としていたかもしれないのだ。
――やれやれ、よかった――
孝陽は金輪際《こんりんざい》、大名家の往診など受けぬと決意していた。
起き上がると腹の虫がきゅっと鳴いて、空腹を報せた。
――飯でも炊くか――
厨《くりや》が寒いことを思うと、しばらくは動きたくない。
すると、
「ごめんくださいませ」
戸口で声がした。低いが艶っぽい年増女の声である。
「先生、おいでですか」
「ああ」
孝陽が無粋《ぶすい》な返事をすると、

とんとんと下駄を脱ぐ音がして、しばらく、板敷きの廊下が軋《きし》み続け、

「まあ、よかった」

「ここにおいででしたね」

孝陽の万年床の前に、居酒屋〝およう〟の女主が立っていた。細面のおようは色が白すぎず、孝陽好みのすらりと粋な美人である。

「いらしてよかったわ」

「そうだな」

孝陽はおようの目立つ泣き黒子《ぼくろ》を間近にながめた。奇妙にそそられるものがあった。酒が入ると、おようの黒子は赤味を帯びて何とも艶やかに見える。酒に酔った弾みがはじまりで、おようとは何度か情を交わしたことがあった。

――ここでおようとしばし暖まるのもよいかもしれぬ――

そう思って孝陽は横になったままの身体をごろりと回した。場所を空けてやったつもりだったが、

「嫌ですよ、先生、昼間から」

およりは袖を口に当てて、ふわふわと柔らかく笑って、

「師走《しわす》だってことをお忘れになられては困りますよ」

孝陽よりも先に手が伸びて、枕元にあったのし袋を取り上げて、中を確かめると、するりと懐にしまい、

「ありがとうございます、先生、お心付けまでいただいて。どうか、来年もよろしく、ご贔屓に――」

そそくさと礼を言って出ていこうとした。

二

あわてた孝陽は、

「ちょっと待ってくれ」

廊下に出て、およう を追った。

「何も全部持っていくこともあるまい」

廊下の中ほどで足を止めたおようは振り返って、

「この一年の勘定書に、ちょいと色を付けさせていただいただけでございますよ」

険のある眉をしている。

「おまえがそこまで金の亡者だったとはな」

孝陽は呆《あき》れた。すると、

「ひどいことをおっしゃる」

おようの顔が歪《ゆが》んだ。

「先生はあたしを泣かせたいんですか」

泣き黒子のあたりを指でなぞって、

「こんなことをするのは、あたしが今年できっぱり諦めたいからですよ」

「諦めたい？　何をだ？」

孝陽にはさっぱり意味がわからない。

「先生のことですよ、決まってるじゃありませんか」

「今のままで不都合でもあるのか？」

「大ありですよ」

「ふむ」

孝陽は黙ってしまった。もしやこの女でも――と思いつつ、相手の顔をしばらく凝視した。

「女は誰でも情を交わした男との夢を見るんですよ、希望を持ってしまうんです」

「夢？」

夫婦約束のことだと見当はついていたが、口にはしなかった。夫婦約束がどうして夢なのか、希望につながるのか、孝陽のような男には理解できない。互いに不自由なだけではないか——。孝陽は黙り続けていた。

「でも、もういいんです。今年限りで諦めることにしたんですから」

「つまり、勘定書に上乗せして持っていく金子《きんす》は、手切れ金というわけか」

孝陽はさらに呆れた。おように限らず、関わる女たちとはその場その場の縁で、お互い、それで納得しているものと思っていたからである。

「まあ、世間ではそう言うでしょうね」

およようはうなずいた。

「そうなると俺は、客という体裁でおまえを金で縛ってきて、金の切れ目を縁の切れ目にする。そういうことになるが、いいのか」

孝陽は訊《き》いた。おように渡った金が惜しいのではなく、その金によって形が見えてくる、つながりのはかなさが寂しかった。未練とはまた微妙に異なる感情であった。

「だって、そうでもしなければ、あたしは先生を諦められそうにないんですもの」

とうとうおようはわっと声をあげて泣きだした。

「あたし、前に先生の子を身籠もって、一人で産もうと決めてたこともあるんですよ」

聞いた孝陽は愕然《がくぜん》とした。

「ほんとうなのか」

「こんなこと嘘で言えるもんですか」

「知らなかった」

この男らしく、許してくれという言葉は出なかった。

──まあ、それも成り行きだろう──

「いつのことだ?」

「一年は前ですよ、あの時は──」

一年前といえば、およう と男女の縁ができて半年ほど経った後のことである。およ うが足繁く孝陽の家を訪れていた頃であった。そういえば、このところ、およう は前のようには頻繁にやってこない。

──師走で忙しいのだと思っていたが、思えば、およう の足は紅葉の頃から遠のいていたな──

遠のいてもたいして気にかけていなかった孝陽だったが、

──はては男ができたな──

はじめて気がついた。そして、

――およようはたぶん、身を固めて落ち着きたいのだろう。三十ともなれば後妻の口もそろそろ最後になる。おようには親兄弟がいない。嫁入りには支度金もいるだろうしな――

察した孝陽は、

「おまえの好きなようにしろ。おまえが上乗せした金は餞別《せんべつ》にくれてやる」

と言って廊下を戻りかけると、

「あたしにできた自分の子のことは訊かないんですか」

おようの眉が吊り上がった。

孝陽は姿のいいおようをまじまじと見て、

「中条流《ちゅうじょう》か」

中条流とは子堕ろし専門の医者であった。

そのとたん、

「ひとでなし、人非人」

おようは目を剝《む》いて、

「孝陽の馬鹿、馬鹿、馬鹿」

声を限りに叫んだ。そして、

「こんなもの、こんなもん」

金の入ったのし袋を廊下に投げつけて、何度も踏みつけた。孝陽はのし袋を拾い上げると、

「何をする。金はたいていが汚いが綺麗にも使える。大事なものだぞ」

いつになく優しい口調で、

「身体の具合の悪い時は俺を思い出すといい。金はその時返してもらおう」

そっとのし袋をおようの襟《えり》元に滑り込ませた。

おようは咄嗟《とっさ》に、

「いいんです」

突き返そうと襟元ののし袋に手をやったが、

「やめておけ。それには俺が飲み食いした金も入っているはずだ」

怯《おび》えた目になったおようは、探るように孝陽を見て、

「身籠もったというのは嘘でした。先生に無理を言いたくなって、つい——。まさか、これっきりってことじゃないわよね」

「ああ」

うなずいた孝陽だったが、

――決めるのは俺ではない。およう、おまえの方のはずだ――

心の中で苦く笑った。

おようは子供のようにこっくりとうなずいて、

「じゃあ、いただいておきます」

「そうしてくれ」

「また、お店の方で――」

「そうだな」

もう、店に行くことはないだろうと思いつつ、孝陽は答えた。こんなやり取りの後、がたぴしと大きな音をさせて戸を閉め、おようは出ていった。

――やれやれ、何とも女というものはわからぬものだ――

ため息をついた孝陽は、ふとまた寂しくなって、

――しかし、おようの言った子供のことは、ほんとうに嘘なのだろうか。もしかして――

複雑な思いにもなった。自分の気持を、

――やはり、未練かもしれぬ――

とも感じた。

だが、今更、およう を追いかけていって、夫婦約束をしようとまでは思わなかった。ただ、誰に対してということもなく、無性に腹が立ってきた。

――腹がますます空いてきたではないか――

厨で七輪に火をおこして煮炊きをはじめた。

――女たちが煮炊きが好きなのはよくわかる。これは楽しい――

飯の炊ける匂いを嗅いでいるうちに、いくらか怒りがおさまり、孝陽は何日か前にもとめておいた塩鯨《しおくじら》で汁を作ることにした。

塩鯨とは鯨の脂肪部分の塩蔵品で黒い皮が付いている。これに人参、大根、牛蒡《ごぼう》など、冬ならではの根菜を合わせて味噌汁に仕立てると、美味い上に滋養があって身体が温まるのである。精がつく鯨汁は忙しい師走の食べ物の一つだった。

「ごめんください」

孝陽が飯椀に飯を盛り上げ、鯨汁を椀によそっていると、戸口でまた声がした。女の声ではないが、男にしては細く、遠慮がちであった。

「はて、誰かな――」

孝陽が出ていくと、そこには、お仕着せ姿の小柄な丁稚《でっち》が一人立っていた。まだ少年と言っていいほどのあどけない顔だが、その顔は墨を塗ったように黒い。

「園田孝陽先生ですね」

そこまではすらすらと言えたが、

「いかにも」

孝陽がうなずいて、

「して、そちらは？」

と訊くと、ゴホゴホと咳をして、

「へ、へ、へい、平太《へいた》と申します」

言葉に詰まりながら相手はやっと答えた。

「薬種問屋の若松屋《わかまつや》か――」

孝陽は平太の前掛けに染め抜いてある屋号をながめて、

「うーむ」

困った顔になった。

――そうだった。石山藩からの金はこの払いに回すことになっていたのだった。はて、どうしたものか――

知らずとぽりぽりと頭を掻いていて、

「掛け取りに参ったのだな」

「は、はい、さ、左様で」

平太はほっとした顔になって、孝陽をすがるように見つめた。咳がまた出てきて、う、うんと咳払いをしながら、

「ぜ、是非、いただいてくるようにと——」

「まあ、上がれ」

孝陽は若松屋の丁稚平太を家の中に招き入れた。

「寒いだろう」

まずは相手をねぎらって、

「昼飯は食べたのか?」

平太は黙って首を横に振った。とてもそんな暇はない様子だった。

「今から俺は飯にする。どうだ、一緒に食べないか」

一瞬、平太の目が輝いた。だが、すぐに首が横に振られた。

「用心することはない。飯を食わせたからといって、支払いをどうこうする気はない。最初に言っておくが、支払う金は今ない。だが踏み倒すつもりはない。年内には必ず何とかする。だから今、おまえは飯を食った方が得だ」

そう言って孝陽は平太の前に、箸と大盛りの飯と鯨汁を置いた。

「たんと作ってあるゆえ、遠慮はいらぬ。心おきなく食え」

しかし平太はごくりと生唾だけを飲んだ。箸を手にしようとはしない。

「どうしたのだ？　腹は空いていないのか？」

すると平太はぶるぶると首を横に振り続けて、

「先生の掛け取りが貰えないと、おいら店には帰れないんです。そうなったらもう、川にでも身を投げるしかありません」

結局、平太は鯨汁をぺろりと二杯平らげ、うれしそうに言った。

「いつも、脂が浮いた汁ばかりで、中身を食べたのははじめてっすよ」

三

南町奉行所同心和木万太郎《わきまんたろう》が孝陽の家を訪れたのは、若松屋の丁稚平太が帰ってしばらく後のことであった。

「ごめん」

和木は戸口で訪《おとな》いを入れたが応《こた》えはない。しかし、

「よい匂いだ」

主が在宅している証拠に鯨汁の匂いがした。和木は薬食いといわれる獣肉は苦手で

あったが、鯨は好物であり、特に冬場野菜と合わせる鯨汁が好きだった。ところが身のまわりの世話をしてくれている妹美登利《みどり》は、鯨汁をあまり作ってくれなかった。鯨が安くないこともあったが、鍋や椀に脂が残って洗うのが厄介《やっかい》だというのである。

「今日も寒いな」

和木は両手を胸で交叉して両肩をつかみ、寒さから身を庇《かば》うような仕草で入っていった。入ってすぐの居間に孝陽の姿はなく、厨に回ると、七輪の上に煮詰まった鯨汁が冷えて残っていた。

和木は空腹だったが、

――如何《いか》に知った仲とはいえ、主に断りもなく手を付けるのはいかんな――

孝陽を探した。

孝陽は居間の隣りにある、いつでも派手な夜具がのべられている自分の部屋にいた。布団の上であぐらをかいて、手にした徳利を猪口《ちょこ》に傾けながら酒を飲んでいる。孝陽は普段気儘ではあっても自堕落《じだらく》ではない。ところが今、目の前の孝陽には、何やらすさんだ雰囲気が漂っている。

――珍しい、いったいどうしたことか――

「ここにいたのか」

和木が話しかけると、孝陽は答えず、むっつりとした顔をしている。

「今日はおぬしに願い事があって参った」

南町奉行所は和木を通じて、孝陽に協力を依頼するようになっている。孝陽は医師としての腕も確かだったが、殺人などの変死体を検分して、下手人探しの手がかりを示す力も持ち合わせていた。

「奉行所の犬になったつもりはないぞ」

孝陽は鋭く言い放った。実をいうと、孝陽の協力は正式なものではなかった。孝陽はきっぱり奉行所からの依頼を断っている。それでいて協力しているというのはおかしな話だったが、人が殺された現場に居合わせるなど、行きがかりや成り行きが重なっているのであった。

「実は今日の頼み事は奉行所からのものではない」

「聞く気がせぬな」

じろりと和木を見据えた。

「なにゆえにこの俺が、おぬしの頼みを聞かねばならぬのだ」

「それがし、おぬしを知己と心得ている。知人として頼みに来たのだ」

聞いた孝陽は、ふんと鼻で笑って、

「勝手だな」

この言葉には、さすがにかちんときた和木だったが、

「先ほど、頼み事は奉行所からのものではないと言ったが、与力中島嘉良様《なかじまよしなが》からのものではある。人助けをして欲しいのだ」

「中島が人助け？　ふん、おぬしは中島の犬か」

なおも孝陽は言い募った。

しかし、和木は、

――きっとよほどのことがあったのだろう――

不本意な中傷に耐えて、

「如何にも、宮仕えとは飼い主をもとめる犬のようなものかもしれぬな」

いったい、孝陽の心に何が起きているのかと、じっと探る目になった。

「頼み事、おぬしが聞く耳持たずばやめておこう」

すると孝陽は、

「与力じきじきの頼み事なら礼は出るはずだな」

突然、訊いてきた。

「まあ、そうだろう」

「ならば話せ」

「ほう、聞く気になったのか」

「礼が出るなら考えてもいい」

――何だ、年の瀬で金策に困っていたのか。日頃からの料理屋通いや初物食いなど、派手な暮らしのつけが回ってきていたというわけか――

和木はひとまず安心した。

「小網町《こあみちょう》の大釜屋《おおがまや》を知っているか」

孝陽はうなずいた。

「あのもぐさ屋か」

「そうだ」

「主は大釜屋六右衛門《ろくえもん》だろう」

大釜屋六右衛門は、小網町一帯に多い鍋釜問屋の手代から身を起こした近江商人であった。郷里の伊吹山からもぐさを運んできて切艾《きりもぐさ》を作って、もぐさ専門店となってからは、看板に大釜を掲げて商標にしていた。

「家に年寄りのいる同心仲間の話では、法外に高いもぐさを売る店だそうだ。何年か前、大奥に献上してからというもの、値はうなぎ上りになったとか――」

和木はため息をついて、

「よほど効能があるのか、商いが上手いのか――」

「その大釜屋六右衛門がどうした？」

孝陽は先を促した。

「中風《ちゅうぶ》で倒れている。頭もしっかりしていて、口もよく立つ。利かぬのは足腰だけだ。それでまだ主を続けている」

「いくら高いもぐさで灸《きゅう》を据えても、中風では治るまい」

孝陽はさらりと言ってのけた。

「頼み事というのはその六右衛門のことだ」

「もぐさごときでぼろ儲けをしているのだから、欲深な奴にちがいないな」

「六右衛門がこの年の瀬、医者に窮している」

「金持は医者に窮したりせぬものだぞ。金さえあれば自在に法眼なりとも雇えよう」

「ところがそうでもない」

「我が儘な老人なのだな」

和木はうなずいた。

「年の瀬に限らず、六右衛門の大釜屋にはかかりつけの医者ができない。皆逃げてしまう。金を積まれても結構、ご勘弁となる」

「それで俺か」

孝陽はずばりと言った。そして、

「たまには死体でない仕事も回してくれるのだな」

「引き受けてくれるのか」

「仕方なかろう」

「それはよかった」

「ただし高いぞ」

「治療代の方はおぬしが交渉してくれ。第一、住み込みでは見当もつかん」

「仕事というのは住み込みの医者か」

「そうなのだ。我が儘な六右衛門は医者を使用人扱いして、住み込ませるか、昼夜の別なく応診させる。それで皆閉口して逃げるのだ。特に大晦日から新年にかけては、人は誰も蕎麦《そば》を食べたり、祝い酒を交わし合って家にいたいものだ。挨拶回りもある。病人の六右衛門に縛られていては、世間並みに時を過ごすことができない。この時期、大釜屋に雇われる医者はいない」

「それで俺か」

「まあ、そういうことになる」

「ふん」

孝陽は鼻で笑って、

「たしかに俺には家族がいないし、挨拶回りもしない。中島の金儲けの出しか」

「気を悪くしたか」

「いや。俺は入用な金が手に入ればかまわない」

何に使うのかと和木は訊かなかった。気にはかかったが、余計なことのような気がしたのである。

翌日、孝陽は薬種問屋若松屋に向かった。

若松屋は広い間口に多種多様の薬を並べて売っている。目立っているのは〝鎮西八《ちんぜいはち》郎為朝《ろうためとも》〟と書かれた幟《のぼり》のような赤い旗である。これは葛根《かっこん》などが混ぜられている風邪薬で、命名の理由は、保元《ほうげん》の乱の折、大島で死んだ源為朝にちなんでいる。これを飲めば、取り憑《つ》いている風邪が、たちどころに、大島の為朝のところにまで、遠く飛んでいってなくなる、それほど効くという意味であった。

孝陽はその〝鎮西八郎為朝〟の文字をじろりとながめ、

「これはこれは園田先生」

揉み手をして近づいてきた番頭に、

「うちによこしてきた平太はいないのか」

店の中にいる使用人たちの揃いのお仕着せを目で追った。

「平太なら風邪をこじらせて寝ております。いい若い者が、こんな時に役に立たないったらない――」

言いかけた番頭に、

「丁稚といえばまだ子供だ。昼飯も抜きで寒さの中を走らされていては、風邪も引くだろう」

ずばりと言った。

青ざめかけた番頭に、

「用というのはほかでもない。掛け取りの支払いをしばらく待ってほしい。年内には無理だが、松がとれる頃には必ず払う。いいな」

「わかりました」

番頭は渋々うなずいた。

「それからこれは――」

孝陽は懐からなけなしの一両を取り出すと、

「風邪で伏せっている平太や他の丁稚たちに、何か精のつく物を食べさせてやってくれ」

と言って渡し、

「へい」

頭を下げて受け取った番頭に、

「よいな、必ずだぞ」

よく光る目で念を押した。

四

今年も今日で最後となった大晦日、まだ日は暮れぬ頃、園田孝陽は京橋水谷町の自宅を出て、楓《もみじ》川に音もなく舞い落ちる雪を横目に江戸橋を渡り、思案橋を通って行徳《ぎょうとく》河岸へと歩いていた。大釜屋へ向かうためであった。このところずっと雪が降り続いていて、いちめんの雪景色である。さすがに大晦日ともなると人通りはまばらである。孝陽はふと、

――たいていの人は今頃、家族で集い合っているのだろう――

と思った。

だが馴染《なじ》んでいて、別れたばかりのおようの顔は思い出さなかった。

「美登利が届けろというものだから」

そんな言い訳をしながら和木が訪れて置いていった、餅二枚のことが頭を掠《かす》めた。

また、

「お口に合うかどうか――」

林源左衛門《はやしげんざえもん》が手にしてきた極上の角樽《つのだる》のことも思い出されてきた。据物師《すえものし》の源左衛門とはこれまた、同心の和木万太郎同様、行きがかりの成り行きで、一緒にいくつかの事件を解決している。代々据物師である林家は刀剣の傷跡に目が利くのである。

――ありがたい――

珍しく素直な言葉が心から湧いて出た。

――餅も酒も温かい――

孝陽は不思議と満たされた気持になって、雪の中を歩いていった。とりわけ大晦日の雪は周囲の音を消し続けている。雪は冷たく外気は寒かった。吐く息が白い。だが孝陽は気にならなかった。

――そうだったな――

子供の頃のことを思い出していた。

――大晦日に限らず、雪の日は静かだった――

静かだったというのは、孝陽の今は亡き父親のことであった。孝陽の父園田安右衛《やすえ》門《もん》は、旗本五百石の当主ではあったが酒癖が悪かった。そのための心労が多かった母は早くに病気で亡くなり、安右衛門の酒癖はますます悪化、もし外で狼藉《ろうぜき》などあったら、お家は断絶になるのではないかと案じていた矢先、急な卒中で世を去った。

――酒に酔っても、なぜか雪の日だけは妻や子に手を上げなかった――

雪の日といっても、安右衛門が大人しくなるのは、ちらちらと降る小雪ではなく、どっさりと降り積もって庭といわず、町並みといわず、白一色に変わる日に限られていた。

――なぜだろう――

孝陽は久々に忘れていた父のことを思い出していた。安右衛門は、時折、目を潤《うる》ませて庭の雪景色を飽きずにながめていた――。

――あれはもしかして、雪の清らかさに魂が洗われていたのではなかろうか――

そう思えてきた孝陽もまた、見えている雪に己の魂が浄化されるような気がしていた。

――まさか、父ほどすさんではいるまいが――

とは思うものの、

——皆のように家族を持とうとは思わない——

そして、

——おように子ができていなくてほんとうによかった。人の子の親になる自信などありはしないのだ——

いささか重い気持になって、稲荷《いなり》の前で足を止めた。祠《ほこら》の前に祀《まつ》られている大きな狐も雪を被っている。そのせいか、見慣れた稲荷などではなく、もっと強力で摩訶《まか》不思議《ふしぎ》な霊験を備えているかのように見えた。

「これは小網稲荷というんですよ」

誰かが後ろから声をかけてきた。振り返ると年の頃三十少し前ぐらいの男である。中肉中背、特に特徴のある顔ではなかったが、十手を腰にさしている。手には湯気のたったきんつばの包みを持っている。

「あっしは北町の旦那から十手を預かってる、猪之助《いのすけ》と申しやす。どうです、きんつばでも食べながら、中をご覧になっちゃあ、通りすぎるにゃあ惜しい、面白いものもありますよ」

「面白いもの？」

珍しくふと心が動いた。やはり雪のせいかもしれない。

「そうだな」

孝陽は一緒に祠の中へと入ってみることにした。

中は雪が降り積もっている以外、どうということのない祠であったが、

「面白いものというのはあれでさ」

そう言って猪之助は神棚ばかり見ていた孝陽の視線を、隣りに置いてある丸く大きい置物に転じさせた。

「これは大釜屋が寄進した大釜なんですよ」

雪が積もっているのでわかりにくかったが、なるほど大きな釜の形をしていた。

「大釜屋というのはあの大釜屋六右衛門か」

「このあたりじゃ、大釜屋の羽振りにかなう者はいませんよ」

と言って、猪之助は抱えていた風呂敷包みを解くと、

「どうです、お一つ」

湯たんぽの上に載せて暖めてきた、十個ばかりのきんつばを見せて、勧めてきた。

孝陽は手を伸ばした。

――これもまた雪のせいか。今日は見知らぬ相手と話をするのも悪くない――

「何といっても、鍋釜問屋を三軒も持ってるんですからね」

「もとは手代だったと聞いているが」

「おや、旦那、大釜屋をご存じですか」

「うむ。これから主治医になる」

「ってえことは、旦那はお医者先生ですね」

「まあな」

「何というお名前で」

「まあ、いいだろう」

「聞かせてくださいよ。そのうち大釜屋でばったり会うかもしれないんですから」

「使用人でもない岡っ引きと俺がなんで、ばったり会うんだ？」

「ですから、これですよ」

猪之助は目の前のきんつばに顎《あご》をしゃくった。

「これはね、六右衛門の好物なんでさ。旦那のために、わさわざもとめてきたものです。あの旦那はこれが食いてえとなったら、昼も夜も盆も正月もあったもんじゃねえんだから。もちろん、出来たてみてえに、あつあつでなけりゃあ、気に入らねえ」

「だが、蕎麦屋と違って、きんつば屋も大晦日までは働くまい」

「いえ、せめて大晦日ぐらい、子供にきんつばを食わせてやりたいってえ親心で、長蛇の列ですよ」

「これは驚いた」

ふと、子供の頃、弟と二人で、きんつばが食べたいと母に駄々をこねたことを、孝陽は思い出していた。

――たしか、母が内職で得た金できんつばをもとめてくれるはずだった。だが、あの時も父の酒代に換わってしまった――

切ない思い出であった。

「きんつばといやあ、日本橋の〝富きん〟が江戸で一番だ。人気もある。六右衛門の旦那もここのでなきゃ、気に入らねえ。それで朝から〝富きん〟に並んで、やっと買えた代物なんですよ」

「そうだったのか」

孝陽は相づちを打ちながらきんつばをほおばって、

「そこまでして六右衛門の機嫌を取りたいのなら、仕方あるまい」

「岡っ引きといやあ、格好はいいがせちがらい稼業です。同心の旦那の懐を当てにして、雀の涙ほどのこづかいを貰ってる。これだけじゃ、走り使いの下っ引き一人、食わしてやれませんよ——」

「しかし、それは表向きのことだろう」

「ですから、情けねえが、大釜屋の旦那のご機嫌を取らねえわけにはいきません」

「ま、機嫌取りで金が入ればよいではないか。今から大釜屋へ行く俺もおまえと似たようなものだ」

「そうはいっても、旦那はお医者でしょうが——。漢方とはお見受けしねえから、流《は》行《や》りの蘭方ですかい」

　猪之助は孝陽の名を知りたくて仕様がない様子であった。

「六右衛門旦那の病は中風ってえもんでしょ。あれはどうなんです？　金にあかして名医をつけて、馬鹿高い特効薬でも飲んでりゃ、そのうち、けろりとよくなっちまうなんてことはあるんですかね」

　孝陽の医者としての力量にも関心があるらしい。

「中風は老いてなる病だ。漢方でも蘭方でも、中風で動かなくなった足腰を立たせることはむずかしい。今は足が萎《な》えているだけだが、次に倒れた時は手が利かなくなるかもしれないし、言葉が話せなくなるかもわからない」

「となると、すぐには死なねえわけですね」

うなずいた孝陽は、

「六右衛門のように金があって、世話が手厚ければ、五年、十年と命はあるかもしれぬ」

「五年、十年――」

猪之助は絶句した。

「そんな先じゃ、こっちだってどうなってるかわかりませんね」

「まさにそうだな」

きんつばを食べ終わった孝陽は礼を言う代わりに、表情を和《やわ》らげて、

「とはいえ、六右衛門は歩くことを諦めてなどおらぬだろう。あるいはまた倒れて不自由になることを恐れている。それで俺が雇われたのだが、俺にできるのは、我が儘な老人の退屈につきあうだけのことだ」

「ふーん、そんなもんですかね」

「俺はいずれ六右衛門の怒りを買うだろう。俺も六右衛門ほどではないが、我が儘で、おまえほど忍耐強くない。辞めさせられる。こちらはせめて松の内は務めて金を稼ぎたいものだが、いつまで持つことか――」

孝陽はため息混じりに言った。

「だから、名乗ることもあるまい」

猪之助に背を向けて歩きだした。

五

しばらく歩いて孝陽は大釜屋の前に立った。お江戸、小網町、大釜屋、六右衛門謹製と染め抜かれた暖簾《のれん》が揺れている。大勢の客たちが切艾や散艾《ちらしもぐさ》を買っていた。撚《よ》って粒に作ったのが切艾であり、加工していないものが散艾である。もちろん手間のかかっている切艾の方が値は高い。またその切艾にしても、品によって値段が異なる。

――たしかに人はいつ、どんな時にでも病むものだったな――

明日からは正月とあって、普段は買わない切艾を奮発している客が多い。中年の夫婦が一緒に買いに来て、

「今年の春亡くなった母は灸《きゅう》が好きで――。せめて正月くらい、こちらの上物を仏壇に供えてやりたくてね」

などと話している。

――しかし、よりによってもぐさ屋が、灸でも容易には治せぬ病を背負うとは因果なことだ――

一瞬、我が儘だという主を気の毒に思いかけたが、散艾の値段をいくらかと訊いて驚いた武家娘が、

「だっていつもは――」

と言って真っ赤な顔になり、あわてて、その場を立ち去ったのを見て、

――値の高い切艾の人気に便乗して、散艾の値段まで吊り上げているとはな……。

主が癒えぬ業病《ごうびょう》を患っているのも、強欲が招いた因果だな――

孝陽の心から同情が掻き消えた。

「園田先生とお見かけいたしますが――」

店にいた使用人の一人が声をかけてきた。持ち合わせのない武家娘に今日限りの高値を告げておきながら、立ち去る後ろ姿を気の毒そうに見ていた張本人であった。

「如何にも」

孝陽がうなずくと、

「番頭の左助《さすけ》でございます」

「ほう、番頭か。ずいぶんと若いな」

左助は目鼻立ちの小さい大人しそうな若者であった。

「恐れ入ります」

たいていの商家では番頭は中年者と相場が決まっている。番頭がやけに若いのは、商いをはじめてまだ日が浅いか、人が居着けない店であるかのいずれかであることが多かった。

「旦那様がお部屋でお待ちでございます。どうか、お入りください」

そう言って、左助は孝陽を店に招き入れた。途中、廊下を歩いていた孝陽は、

「つかぬことを訊くが、いいか」

はじめに断って、

「はい、何なりと」

答えた相手の背中に、

「もぐさは歳の市で売られている餅や大黒天とはちがう。年の瀬や正月に限ったものではない。日々、灸に使って人の身体を癒《いや》す。大晦日だからといって、安価な散艾にまで高値をつけるとは、あこぎな商売だとは思わないか？」

すると左助はびくりと肩を震わせて立ち止まり、

「商いのことは旦那様がお決めになることですから」

振り返らずに小さな声で言った。

六右衛門の部屋の前まで来ると、

「園田孝陽先生がおいでになりました」

左助が告げた。

ほどなく、

「おはいり」

細い女の声がした。

六右衛門の部屋は明るく暖かかった。畳に南蛮渡来の分厚い絨毯《じゅうたん》が敷かれ、行灯《あんどん》が惜しみなく点《とも》されていて、大きな火鉢には真っ赤な炭がいくつも燃えている。縁側の先にある庭には、灯籠《とうろう》や五葉松などに雪が積もっている様子が見えるはずだったが、きっちりと障子で閉めきられていた。

部屋には六右衛門と若い女がいた。

「上のお嬢様のれん様です」

左助の言葉に、

「長女のれんでございます」

おれんは深々と頭を下げた。おれんは人形のように整った顔立ちこそしていたが、まるで生気が感じられない。よく見ると窶《やつ》れた顔が青かった。じっと見つめた孝陽は、

「顔色が悪い。どこか病んでいるところでもおありかな」

思わず口を滑らせた。六右衛門が太い眉を寄せた。自分のことではなく、おれんの身体を案じたのが気に障ったらしい。左助の肩がまた震え、目がぱちぱちとしばたたかれた。明らかに主の機嫌が悪くなりそうなのを案じている。

――端《はな》からこれではまずいな――

さすがの孝陽も息を呑んで、六右衛門の顔色を窺っていると、

「何でもありません。昨夜、黒豆を煮上げるのに根を詰めすぎたせいでしょう」

おれんはさらりと、父親の不機嫌を躱《かわ》すかのように言った。そして、

「おとっつあん、そろそろ夕餉《ゆうげ》の膳を調《ととの》えさせましょうね」

と言い添えたが、

「蕎麦は食わん」

六右衛門は呟き、

「鯨汁がいい」

大きな声を出した。

「鯨汁ならつい三日ほど前に食べたじゃないの」

「いや、鯨汁だ。それ以外、俺は食わん」

そう言って六右衛門は唇を真一文字に結んだ。

「鯨汁は滋養が多すぎるから、おとっつあんの病にはすぎると悪い。だから、ほどほどにするようにと、お医者様が言っておいでだったわ」

おれんはため息をついた。左助ははらはらし続けている。

「そうでしょう？」

おれんが孝陽に同意をもとめると、

「あんな奴らはみんな藪《やぶ》医者だ」

六右衛門は言い捨てて、孝陽の顔をまじまじと見た。孝陽も怯《ひる》まずに六右衛門を見据えた。六右衛門の顔はすっと面長で、通った鼻筋と切れ長の目、形のいい唇は悪い器量ではなかった。娘のおれんにもよく似ている。ただ何とも、冷たい印象であった。

——強欲が顔には出ず、酷薄の方が出ているのだな——

「園田先生とおっしゃいましたな」

六右衛門は言葉を改めた。孝陽を斡旋《あっせん》してきたのは、まがりなりにも与力の中島嘉良である。

「ああ」

孝陽はわざと横柄に顎でうなずいた。

「蘭方の大変な名医でおいでだとか――」

「まあな」

そっけなく答えた。

すると六右衛門の顔に突然赤味がさして、

「あなたはご自分のお立場をわきまえておいでにならない」

さっきのような大声を出した。

「年末年始だけの雇われ医者と心得ている」

孝陽はきっぱりと言った。

「ならばよいが――」

六右衛門の顔の赤味は引いていない。その六右衛門に、

「申しておくが、あんたのような病には気が高ぶるのが一番よろしくない。血の管が縮んで滞《とどこお》るのを助けるようなものだ。長生きしたければ、どうか、気を鎮《しず》められよ」

と孝陽は言った。ぎょっとした表情になった六右衛門は、

「そうか、そうだったのか、いいことを聞いた」

うんうんとうなずいてはいるものの、顔の赤味は増すばかりであった。

「とはいえ、気短は持って生まれた性格。なかなか改められませんな」

六右衛門は真剣な目で、

「気を鎮める何かいい治療はありませんか」

そんな六右衛門をちらりと横目で見た孝陽は、

――よほど長生きがしたいとみえる――

にんまりと心の中で笑った。

そして、こほんと一つ咳払いをすると、

「医者は薬を処方するかもしれないが、これはよしておいた方がよろしい。心の臓に悪い」

まことしやかな嘘をつけ加えた。

すると今度は六右衛門の顔は青く変わって、胸のあたりを押さえながら、

「薬は悪いのですね――なるほど、薬が――」

ぶつぶつと呟いた。

間髪を容《い》れず孝陽は、

「俺は雇われ医者とは聞いてきたが、診療代がいくらと伺っていない。先ほど、店先

でもぐさを高値で売っているのを見た。もぐさでもこの時期、高値となるならば、俺の診療代にも、当然、色を付けていただけるものと思っている」

ずばりと本題に入った。

「うーむ」

再び顔を赤くして黙ってしまった六右衛門だったが、ほどなく、

「左助」

番頭を近くに呼んで、紙と筆を持ってこさせると、さらさらと診療代の額を書いた。

「これでいかがでございましょう」

左助が代わってその紙を孝陽に見せた。

——ほう、一日、三両とはな、それも五日までか——

法外な診療代に孝陽は驚いた。だがそんな様子は微塵《みじん》も見せず、

「ふむ、こんなところか。まあ、仕方なかろう」

とうなずき、

「もしまた倒れるようなことがあると、この見事な字も書けなくなりますな」

世辞とも脅しともつかない物言いをした。

六

「後でお泊まりになっていただくお部屋へご案内いたします。まずは、夕餉をおあがりくださいませ」

おれんはそう言って、孝陽を客間に案内してくれた。

大晦日ならではの蕎麦が運ばれてきた。

「妹のとみと申します」

おとみが蕎麦を、

「末のえつでございます」

おえつが酒をそれぞれ盆に載せて現れた。

――六右衛門の娘たちか。姉のおれんに劣らず美形だ――

「姉さまから先生におとっつあんの話をするよう言われています。姉さまはおとっつあんのために、急いで鯨汁をこしらえなければならなくなったとか――」

おえつが言った。細面で目尻がきゅっと上がった末娘のおえつは、婀娜《あだ》っぽい印象で、

「お医者様は皆様、おとっつあんの日頃の暮らしぶりなどをお訊《たず》ねになりますので」

おとみの静かな話しぶりはおれんに似ていたが、ふっくらした柔和な丸顔は似ても似つかない。

――いずれも美形だが似ていない姉妹だな――

孝陽は勧められるままに蕎麦に箸をつけ、杯を傾けはじめた。下座に並んで座った二人は、黙って孝陽を見つめている。

――よいながめだ――

と楽しんでいた孝陽だったが、そのうちに、

――そうであった――

医者たるもの、ここで何か訊かねばならないことに気がついた。

――普通、医者はそうするものなのだろう――

だが、なかなか言葉が浮かんでこない。さすがの孝陽も案じる娘たちを前に、中風などいくら治療しても、治る見込みがないなどとは言えなかった。

孝陽はこほん、こほんと咳払いを続けた。

「あの先生――」

おとみが恐る恐る話しかけてきた。

「何かな」

孝陽は威厳のある声を出した。

「おとっつあんを診てくださった先生方は、日頃の摂生次第で、いくらでも長生きができるとおっしゃっておられますが、その通りなのでしょうか」

「ああ、まちがいない」

これで話が続く、と孝陽はほっとした。

「何でもあの身体では滋養の多すぎるものはよろしくないとか――」

おえつがはきはきと訊いてきた。

「鯨汁のことか――」

二人は同時にうなずいた。

「それにおとっつあんは薬食いなので」

薬食いとはももんじ屋で売っている、猪肉や鹿肉などを好んで食べることであった。

「ほう、六右衛門さんは薬食いなのか――」

――俺と同じではないか――

孝陽はあまりいい気分がしなかった。何となくの直感ではあったが、六右衛門と会った時、何やら自分と似たところがあるように思えた。どこがどういうわけでは

なかったが、

――無類の我が儘者のなれの果てか――

ふとそんな風に感じたのである。

「先生方は鯨や薬食いはほどほどにせよと、おっしゃっておいででした」

話は続いていた。孝陽は、

「中風には食の摂生も必要だが、気を鎮めていることも大事」

さっきの話を繰り返し、

「しかし、六右衛門さんはあの通りの気性だ。食べたいのを我慢していらいら気が荒れるよりは、食べた方がまだましというものだ」

と続けた。

「つまり、食べたいものを食べさせた方が、おとっつあんは長生きするっておっしゃるんですね」

そう言っておえつは姉のおとみと顔を見合わせた。驚いたことにうれしそうな顔ではない。

――これはどうしたことか――

孝陽は俄然興味をそそられた。

――何と、六右衛門は娘たちに死を待たれていたのか――

これは是非、理由を聞きたいものだと、厠《かわや》に立つふりをして廊下に出た孝陽は、襖《ふすま》に耳を押し当てた。

「おえっちゃん、急いで厨の姉さまのところへ行くのよ。そして、今日はもう、鯨汁は作らないことにさせて」

ひそひそ声でおとみが言った。

「だめよ。姉さまはあたしたちの計画を知らないし、知っても手を貸そうなんて思わないもの――」

おえつはやや響く声を出して、

「あたしたち、姉さまが一番望んでることをしようとしているのにね――」

「姉さまと左助のことでしょ」

「つくづくひどいおとっつあんよ。左助のおとっつあんは前の番頭左平《さへい》。よく働いてくれたというのに、中風で病みついたとたん、お払い箱。この時、おとっつあんは、〝こうでもしてやらなきゃ、左平のめんどうはみれないだろう〟って、さんざん恩に着せた挙げ句、雀の涙ほどの給金で息子の左助を雇ったんだものね」

「それでも、姉さまと好き合ってるとわかって、夫婦にしてやるのならまだましよ。

二人がその話をしたら、おとっつぁん、〝今の話は何も聞かなかったことにする。おれんには相応の持参金を持ってくる婿を迎えるつもりだ〟って言ったんだって、姉さま、泣きながら話してくれたわ」

「このままじゃ、姉さまと左助――」

「手に手を取り合っての駆け落ちは無理よ。左助は親思いだもの。病気の父親を見捨るなんてできっこない」

「ということは、姉さまたちはあのまま――」

「我が儘勝手なおとっつぁんに一日中、こき使われるだけ」

「おとっつぁんが死ぬまで続くのよ」

「綺麗だった姉さま、このところ看病で疲れてる」

「女はあっという間に年をとるというわね」

「おとっつぁん、考えてるのは自分のことだけで、姉さまやあたしたちのことなんぞ、思ってくれてないのよ。姉さまのことだって、婿取りをして身代を譲る気があるのか、どうかだってわからない」

「ほんとうにそうだわ。あんな調子じゃ、あたしたちの嫁入り先も考えてくれてやしないわね。嫁入りはお金がかかるもの、あのおとっつぁんじゃ、惜しくて出しっこないわよ」

おとみの声が湿って、

「あたしたち、それぞれ、お妾《めかけ》の子だから仕方ないけど、姉さまはこの家のおっかさんの娘だっていうのに、ひどい仕打ち」

これを聞いた孝陽はぎょっとして、

——なるほど、これでは顔が似ていぬはずだ——

「あたしなんて、ほんとのおっかさんの顔も知らない」

おえつの言葉が震えた。

「あたしだって」

「切ないわ」

「あたし、子供の頃、よく泣いた。寂しくて。そんな時、とっても姉さまは優しかった」

「あたしにもよ」

「姉さまが幸せにならなくて誰がなれるっていうのかしら」

「あたし、おとっつあんが憎い。おとっつあんが威張りちらしている限り、あたしたちも姉さまも、幸せになんてなれっこない」

「このままじゃ、おとっつあん、我が儘のし放題で長生きよ」

「ああ、嫌だ、嫌だ、何もかも。おとっつあん、いっそのこと――」

「しっ、誰が聞いているかわからないわ」

おとみがたしなめた。

――これは大変なことになるかもしれぬ――

孝陽は廊下を歩いて庭などながめてから客間に戻った。

客間にはおとみとおえつの姿はなく、おれんが座って待っていた。相変わらず顔の色は青い。膳には鯨汁が上がっている。

「おう、鯨汁か」

今頃、六右衛門も舌鼓を打っていることと思い、

――残念だが、そう早くは娘たちの思惑通りにはならぬであろう――

孝陽は箸を進めた。塩加減が濃すぎると感じたが、

「多少塩辛いが結構だ」

一応褒めると、聞いたおれんはびくっと顔を震わせた。

「先生、わたし――」

すでにおれんは思い詰めた様子でいる。やおら胸元から三角に折った赤い袋を取り

出した。開けた包みを一気に呷《あお》ろうとした。

「やめておけ」

ピシッと音が鳴った。孝陽は手にしていた箸を赤い袋めがけて投げつけた。

「その薬の包み、胃薬などとは言わせぬぞ」

おれんはわっと泣き伏して、

「わたしはこれでおとっつあんを、おとっつあんを――」

途切れ途切れに言った。

――やれやれ、毒を盛って六右衛門を殺そうとしたのか――

「でも、まだここにある。鯨汁には入れなかったのだな」

念を押すとおれんは肩でうなずいたが、

「中身は石見銀山《いわみぎんざん》（猫入らず）です。わたしは師走に入ってすぐ、鼠退治にと偽《いつわ》って薬屋でこっそりもとめました。今年中に何とか、今年中におとっつあんを――そして、左助と――」

まだおれんはしゃくり上げていて、

「これが今年最後の機会だと思い、鯨汁に味を濃くつけたのです」

「だが、入れることはできなかった。ともあれ、六右衛門は鯨汁を堪能《たんのう》したはずだ。

ただそれだけのことだ」

孝陽は言い切り、ずずっと音をたてて、椀に残っていた汁を啜《すす》った。

七

この後、孝陽は煮染《にし》めを肴《さかな》に酒を飲み続け、除夜の鐘が鳴り終わると案内された部屋に入った。すでにのべてある布団の上にごろりと横になって、

──やっと新年か──

うとうとしかけたとたん、

「先生、大変です」

部屋の前の廊下から声が聞こえてきた。緊迫した左助の声であった。

起き上がった孝陽が襖を開けて、

「どうした？　病人に変わりでもあったのか？」

眠い目で訊きただすと、

「旦那様が、旦那様が──」

真っ青な顔でがたがたと震えている左助は歯の根が合わず、

「血を流していて──そして──たぶん、息をしておられません」

「何だと」

孝陽は眠気が吹き飛んだ。

「まだ間に合うかもしれぬ」

持参してきた薬籠を抱えると、六右衛門の部屋へと向かった。

しかし、部屋へ入るなり、

「遅かった」

孝陽は言った。

六右衛門は布団から絨毯の上に半身を乗り出して死んでいた。左の首からおびただしい血が噴き上げている。畳の上に剃刀《かみそり》が落ちていた。血まみれである。

「まあ、恐ろしい」

駆けつけた三人の娘が声をあげた。おれんはへなへなと倒れかけて左助に支えられ、おとみとおえつは抱き合った。三人とも泣いてはいない。

――この場に際しても、娘たちに泣いてもらえぬとはな。この男、何とも因果だ――

六右衛門はかっと両目を開き、口をへの字に曲げた、ものすごい形相で死んでいる。額には大きな痣《あざ》があった。気になった孝陽はまだ固く閉まっていない唇を開かせてみた。前歯が赤い糸を二、三本噛みしめている。孝陽はそれらをそっと懐紙に移して折り畳み、懐にしまった。

「先生、これは――」

左助の目はいったい主に何が起きたのかと、必死に問いかけていた。

「剃刀は自害に使われることもある」

そう答えた孝陽は、

「だが、六右衛門さんに限ってはそのようなことはあるまい」

と言い切った。

「ということは、誰かがおとっつあんを――」

言ったおえつはごくりと唾を飲み込んだ。

「まあ、そういうことになるな」

「堀江町の親分が見えていいます。何でもこのあたりを見回っていて、気になる人影がうちの庭へと入っていくのを見たとかで――」

左助よりも若い手代が伝えに来た。

「堀江町の親分――」

左助は怯《おび》えた顔になった。

「ちょうどいいな」

孝陽はうなずいて、

「何よりだ、事情を話してここへ来てもらえ」

手代を促した。

現れた岡っ引きは、

「やはり、先生、会いましたね」

小網稲荷で話をした猪之助であった。猪之助はこれから初詣でもするつもりだったのか、着ている縞の羽織には、ぱりっと糊《のり》が利いている。

「雪見を兼ねた初詣なんぞも小粋なもんだと思ってね。この家の前を通りかかったんでさ。盆正月くれえは人並みに楽しむつもりだったんですが、習い性の悲しさですかね、怪しい人影を庭で見て、追っかけたんだが逃げられちまいました。大事はないかと、気になって訊いてみたらこの有様《ありさま》ですよ」

そう言った猪之助はまず、六右衛門の死体に南無阿弥陀仏と呟きながら手を合わせた。

「六右衛門の旦那もこうなっちまえば、仏さんですからね」

六右衛門の形相を見ても、仕事柄見慣れているのかたじろがず、さらに丁寧に南無

阿弥陀仏と唱えて、

「おや、これは何ですかね」

布団のそばの畳の上から、小指の先ほどの大きさの黒茶色のものを拾い上げた。

「もぐさですね」

「そのようだな」

「見かけたところ、ここの店で売っている切艾のようだが、まちがいないか」

猪之助が念を押すと、

「たしかにまちがいございません」

左助が答えた。

さらに猪之助は、

「今日、店で切艾を売っていたのはいったい誰だ？」

左助に目を据えた。

「わたくしでございます」

答えた左助の顔は、もはや隣りにいるおれんよりも青くなっていた。

「おめえが売っていた切艾がどうしてここにあるのか、話を訊かせてもらおうか」

猪之助は岡っ引きならではの凄みのある目になった。

「親分さん、それなら理由がありますよ」

おえつは婀娜《あだ》っぽい目で猪之助を軽く睨《にら》んだ。妹の言葉にうなずいたおとみは、

「番頭の左助はおとっつあんのところへ、日に何度も呼びつけられてますからね。その時、着物に付いたのが落ちたに決まってます」

と言った。二人とも左助を庇《かば》うつもりなのだった。

すると猪之助は、

「案外、そうかもしれねえ」

あっさりと認めて首を縦に振りかけたが、

「けど、お嬢さん方、左助が上のお嬢さんのおれんさんと惚れ合ってて、六右衛門の旦那に許しちゃもらえねえって話、あっしが知らねえと思っちゃ困りますぜ。こう見えてもあっしは地獄耳でね。そうでなきゃ、この稼業は務まらねえんだ」

意地の悪い笑いを浮かべたかと思うと、

「言いたくはねえが、左助は旦那を恨む理由がある。旦那さえこの世からいなくなりゃあ、左助はおれんさんと一緒になって万々歳なんだから――。そうじゃねえか、左助」

いきなり大声をあげた。

左助は、

「身に覚えのないことです」

きっぱりと言い切った。

猪之助は、

「けど、そうなりゃいいと思ったことはあるはずだ。こう言っちゃなんだが、仏さんは思いやりの一欠片《ひとかけら》もない因業なお人だった。寝る間も惜しんで働いてきたおめえのおやじに対してだって、病気で働けなくなりゃあ、ご苦労さんの一言もなかったはずだ。そうじゃねえのかい、よお、左助――」

左助は黙っていた。

するとさらに、

「因果にも、おめえのおやじ左平の病と旦那は同じ中風だった。旦那は好き放題をやってりゃ、長生きしちまうだろうが、おやじの方はいつも〝息子の足手まといにはなりたくねえ、早く死にてえ〟、そればっかり言ってるはずだ。おめえはおやじに孝行する代わりに、鬼みてえな主に縛られてる。こりゃあ、惚れ合ってる相手が旦那の娘じゃなくったって、旦那を殺したくもなるだろうさ。おめえ、旦那を殺《あや》める夢をいったい何遍見た？」

聞いていた左助は、

「それは――」と言って絶句した。額から脂汗が流れ落ちている。

「何遍見たと訊いてるんだ」

なおも猪之助は追及した。

「夢、夢ならば何度も――」

左助が震える声で答えようとした矢先、

「わたし、わたしが――」

立っていたおれんが畳の上に這いつくばると、

「わたしがおとっつあんを殺したんです」

血まみれの剃刀を拾い上げて握りしめた。

「姉さま」

「何でそんなことを――」

おえつとおとみが同時に叫んで、おれんに駆け寄ろうとした。

「来ないで」

おれんは二人の妹を厳しい目で見て、

「親分、これが証拠の品でございます」

手にしていた剃刀を猪之助に渡して頭《こうべ》を垂れた。そして、

「ここにおいでの園田先生はご存じと思いますが、わたしは左助とのことを許してくれないおとっつあんがただただ憎かったんです。夕餉の鯨汁に毒を入れようとしました。でも、できなくて。それで剃刀を使ったのです」

「なるほど、剃刀なら女でも持っているし、使うことができる」

猪之助は膝を叩いて、

「先生、おれんの言っていることはほんとうですかい」

念を押した。

孝陽は、うなずく代わりにふんと鼻を鳴らした。

「まあな」

すると、突然、

「お嬢様ではありません。わたくしです。ほんとうはわたくしが殺しました。理由は先ほど親分さんがおっしゃった通りです。親子二代にわたってのあまりのなさりよう、旦那様の非情さに、心底はらわたが煮えくり返っておりました。やったのはわたくしです」

常になく左助が大声で叫ぶように言った。

八

「左助」

おれんも叫んだ。

「何を言い出すのです」

左助を叱りつけて、

「親分さん、左助はわたしを庇っているだけなのです。やったのはわたしです」

おれんは猪之助に懇願するように言った。

一方、おとみは、

「姉さまがやったのではありません。もちろん左助もやっていません」

さらりと言ってのけた。そして、

「あたしたちがしたことです」

おえつが言った。おえつの言葉にうなずいたおとみは、

「このままでは姉さまだけではなく、あたしたちの先行きも暗い、そう思ってました。病気のおとっつあんにがんじがらめになって、いかず後家になるのが嫌だったんです。だからおえっちゃんと二人で計画して、おとっつあんを殺したんです」

この後二人は、

「ほんとうです」

「まちがいありません」

それぞれきっぱりと言い切った。

猪之助は、

「こりゃあ、呆れた」

苦い顔で笑った。そして、

「一件の殺しに下手人《げしゅにん》が四人とはね」

うーんと腕組みをすると、孝陽の方を向き、

「はて、先生、どうしたもんでしょう。六右衛門殺しは左助か、おれん、またはおえつとおとみがつるんでってえことになるんでしょうかね」

何度も首をかしげ、

「あと一つ、左助とおれんがつるんでやったってえことも考えられますね」

同調をもとめたが、

「今さっき、二人でやったと言ったな」

孝陽はおとみとおえつをじっと見据えた。

「はい」

二人は同時に答えた。

「では、どうやって父親を殺したのか、言ってみよ」

言われて二人は顔を見合わせたが、おとみが進み出て、

「おえっちゃんが動けないおとっつあんの頭を押さえつけて、あたしが持っていた剃刀で喉を切ったんです。おとっつあんは動けなくなっても力のある人でしたから、二人でなければとてもやれることではありませんでした」

と説明した。

孝陽は、

「それは嘘だな」

おとみの顔をじろりと見て、

「ここを見よ」

死んでいる六右衛門の額を指さした。赤い痣は先ほどよりもより鮮明に浮き上がってきている。

「これは死ぬ前に付けられた痣だ。固いものが当たってできた打ち身によるものだと思う。頭を押さえているだけでは付かない」

「それは——」

おとみとおえつは言葉に詰まった。

「この痣は下手人の六右衛門さんへの一撃と見ていい。まず額を叩いて刃向かう気持を萎えさせておいて、剃刀を使った。だから下手人は二人ではなく、一人なのだ」

孝陽は続けた。

「するってえと」

猪之助は左助とおれんをちらりと見た。

「ところで、左助」

孝陽は左助の方を見て、

「おまえが下手人ならば、何を使って主の額を打ったか聞かせてほしい」

「それは——」

左助は一瞬戸惑った。

「旦那様の大事になさっている花瓶を納戸《なんど》から持ち出しました」

「なるほど。しかし、花瓶ならば額に振り下ろした時、割れる。ここに割れた破片はないぞ。今のは嘘だ」

左助はうなだれた。

「石を使いました」

訊かれる前におれんは言った。

「庭に敷きつめてある玉砂利を拾ってしまっておいたのです」

「ふーん」

「ほんとうの話です」

おれんはすがるように言った。

「もう一度この痣を見よ」

孝陽は痣を指さした。

「細長く大きい。玉砂利で付いたものなら、もっと小さく丸いはずだ。これもまた真《まこと》ではない」

おれんはうつむいてしまった。

「そうなると、先生、下手人はこの中にいねえってことですかい」

猪之助はけげんな顔をしている。

「まあな」

「ってえことは、あっしがこの家の庭で見かけて、追いかけた奴が怪しいってことになりますね」

「そうかもしれぬ」

　そこで猪之助は両手を打って、

「そうだ、足跡だ」

　縁側へ続く障子を開けた。外はすでに白みはじめている。薄暗がりの中に空と雪の白さが一つに溶け合っていた。雪は煙るようにまだ降り続いている。ここ何年となかった新年早々の大雪であった。

「ちょいと庭に回ってみますよ。下手人が足跡を残してるかもしれねえからね」

　猪之助は部屋を出ていこうとした。

「ちょっと待て」

　孝陽は猪之助に鋭い声をかけた。

「へい」

　不審そうに振り返った相手に、

「庭になど回ることはない」

　孝陽は言い切った。

「何をおっしゃいます」

　むっとした様子の猪之助に、

「この雪だ。足跡などとっくに消されている。それはおまえが一番よく知っているはずだぞ」

語気荒く迫った。

「何をおっしゃっているのか、あっしにはわからねえことで——」

猪之助は困惑した顔になって、

「おれんさんの話で、先生があの有名な園田孝陽先生とわかりやした。死体を見るのがお上手で、南町を助けていることも知ってます。でも、先生、餅は餅屋、あっしらはこの道の職人なんでさ。足跡はなくても、下手人は何か落としていってるかもしんねえ。どうか、庭を探させてくださいよ」

へりくだった物言いをした。

「いや、その必要はない。あるとしたら、猪之助、おまえが自分の罪を隠すためだ」

孝陽はぴしりと言い切った。

「こりゃあ、聞き捨てなんねえ」

さすがの猪之助も怒りに顔を染めて、

「とんだ、因縁だ。何を理由にそんな因縁をつけるのかい」

孝陽に食ってかかってきた。

「そうか」

孝陽は猪之助の腰のあたりをじっと見つめて、

「それなら言おう。猪之助、おまえはどうして十手を持っていないのだ？　十手は
岡っ引きの命ではないのか？」

猪之助は一瞬顔色を変えたが、

「新年ですからね。おろし立ての羽織を着ての初詣です。十手は無粋にちげえねえと
家に置いてまいりやした」

「ほう、にもかかわらず、この家から出てきたという人影を追ったのか――」

「さっきも申しましたでしょ。岡っ引きの悲しい習性ですよ」

「おまえの理屈でいえば、十手を家になど置いては出られぬはずだぞ」

「先生、理詰めはよしてくださいよ。人はいちいち理屈でなんぞ動きませんぜ」

猪之助はうんざりした口調になった。身体の半分は草履《ぞうり》のある戸口へと向いてい
る。

「ならばこれを見せるとするか」

孝陽は懐から、畳んであった懐紙を出して開いた。中では赤い糸がもつれている。

「見覚えがあるはずだ」

孝陽は真っ青になった猪之助を見据えた。

「ないとは言わせぬ」

猪之助は、うっと叫んで逃げるように孝陽のそばから飛び退いた。

「六右衛門は十手で額を打たれ、怯んだ隙に喉を剃刀で切られて死んだ。これは六右衛門が、剃刀で切られた直後、十手の房を嚙み切って嚙みしめていた代物だ。まちがいなかろう。小網稲荷で会った時、おまえの十手に付いていたものだ。岡っ引きが房付きの十手を持っていたのが妙だったので、気になった」

「何のお話か――」

なおも猪之助は惚《とぼ》け続けた。

「では訊くがおまえは、六右衛門にきんつばを届けたのか？　届けてなどおるまい。六右衛門は甘い物は好まなかったはずだぞ。おまえは得意の地獄耳で、南町に関わっている俺が大釜屋に雇われたと知って、俺がどんな奴なのか知るために後をつけ、小網稲荷で声をかけてきたのだ。きんつばは、六右衛門に媚《こ》びへつらおうとしていると、俺に思い込ませるための小道具だった」

そこで孝陽はやおら、猪之助の膨れた懐に手を伸ばした。湯たんぽがごろりと畳の上に転がり出てきた。

「あつあつのきんつばでなければならないのは六右衛門ではなく、おまえの方だったのだろう。とりたててきんつばが好きだったわけではなかろう。この吹雪の最中、店が終《しま》いになる、凍てつく大晦日の深夜を辛抱強く待って、忍び込んで六右衛門を殺すには、湯たんぽが欠かせなかったはずだ。近くの茶屋などを訊き込めば、おまえの湯たんぽに入れる湯を商った者が、名乗りをあげるだろう。つまりはこの湯たんぽが命取りになったたな」

思わず猪之助は畳の上の湯たんぽを睨んだ。

「おまえは今、新年らしく、一張羅の晴れ着を着ている。まだ糊が付いている。深夜、六右衛門を殺した後、近くの人気《ひとけ》のないお堂か何かで着替えたのだろう。何せ、おまえは六右衛門の返り血で血まみれだっただろうからな」

孝陽は淡々と話を進めていた。

「面白いお話ですが、あっしが六右衛門の旦那の好物を取りちがえようが、初詣の途中で着替えをしようが、旦那を殺した下手人だということにはなりませんぜ」

猪之助は薄く笑ってたかを括《くく》った。

「それはどうかな」

孝陽は皮肉な笑いを浮かべて、

「論より証拠という。おまえがここへ戻ってきて、足跡だの、庭だのと言っているのが何よりの証拠だ。いずれ雪は止む。陽が出て雪が溶ければ、おまえが落としていった十手が見つかるだろう」

と言った。

その刹那《せつな》、

「畜生」

悪鬼さながらの形相で猪之助は孝陽に躍りかかっていた。匕首《あいくち》を手にしている。難なく孝陽が躱《かわ》すと、ぎりぎりと歯がみをして、

「もはやこれまで」

孝陽を睨み据え、うーっと唸《うな》り声をあげてぶつかっていった。

「無駄なことだ」

そう呟いた孝陽は、相手の手から匕首を叩き落としていた。

孝陽は使用人を北町奉行所に走らせ、猪之助の身柄を引き渡すことにした。北町の者たちが来るまでの間、猪之助は、

「六右衛門が死んでよかったと、この家のみんなが思ってるはずですぜ。あっしも六右衛門の子供だからわかるんだ。あっしは六右衛門が手代になりたての頃、旅籠《はたご》に泊

まって知り合った女の子供でね。旅籠の下働きだったおっかあは、腹に子供ができたと聞いて逃げ出した六右衛門を死ぬまで信じてた。偉くなって、いつか迎えに来るって言い通してた。岡っ引きになったあっしは、六右衛門が商売に成功し、財をなしていることを知ったんでさ。正直、おやじが偉くなってたのはうれしかったですぜ。それで、おっかあが死にかけている時、せめて最期ぐらい、会ってくれるよう大釜屋に頼みに行ったが、〝そんな女は知らない〟とあいつは剣もほろろだった。おっかあは、女手一つであっしを育て、それはそれは辛い思いをして、何の報いもねえまま死んじまった。そんなおっかあが哀れでよ、六右衛門が大店の主におさまってるのが許せなくなった。だから、中風で倒れたと聞いた時は、〝ざまあみろ、これであいこだ、神も仏もいる〟ってえ溜飲《りゅういん》が下がったが、我が儘放題で〝こりゃあ、長く生きそうだ〟とみんなが噂しはじめた。たまらなくなった。あんなひでえ奴がぬくぬくと長生きするのかよ――。そんでやったことだ。けど、罪もねえ、左助やおれんに疑いがかかるようにしたんで、きっと罰が当たったんだろうさ。その上、断末魔の六右衛門にあれを嚙み切られたんで、すっかりあわてちまい、十手を庭に落としてきちまったんだって、きっとそうだ。あれはね、死んだおっかあの下駄の鼻緒でね、たった一つの形見だったんでさあ――」

一部始終を話した。そして、最後に、

「後悔はしてねえよ。ただし、六右衛門を殺した時のあっしの顔は、きっと、六右衛門によく似てたんじゃねえか、そう思うとたまらねえな」

と言い残して北町のお縄についた。

猪之助を見送った孝陽は、

――男と女、親と子、知らずと魔がひそむものか、深い、深すぎる――

わが身に照らし合わせて、思わずため息が出た。そして、

「これから弔《とむら》いだろうが、弔いに医者はいるまい」

と言い捨てると、大釜屋を出た。左助が走って追いかけてきて、約束の金を渡してくれた。

「はじめのお約束でございますから」

金は五日までの分あった。

黙って受け取って懐に入れた孝陽は雪の中を歩きはじめた。その足は若松屋に向かっている。

――平太の具合はどうだろうか――

孝陽の足どりは速くなった。雪の止む気配は全くない。

二話　雪中花

一

据物師林源左衛門は南町奉行所同心和木万太郎を訪ねていた。年始の挨拶である。

戸口に出てきた妹の美登利は、

「まあ、この大変な雪の中を――」

と案じて目を瞠《みは》った後で、

「申し遅れました。あけましておめでとうございます」

あわてて新年の挨拶をした。

「あいにく兄は中島様のお宅へご挨拶に伺っておりまして――」

「お留守か」

源左衛門は落ち着かない気持になった。和木の家は両親がすでに他界している。和木が家にいないとなると美登利一人であった。源左衛門はこの美登利に一目惚れしている。

「お待ちになりますか」

「ええ」

もとよりそのつもりで来ていた。

「お寒いでしょう。お酒でもお付けいたしましょうか」

「いや」

源左衛門は首を振って、

「酒は和木殿が戻られてからいただくことにします」

持参した掛鯛《かけたい》を美登利に手渡した。

「まあ、ご立派な」

掛鯛というのは藁《わら》縄で結びつけた二匹の干鯛《ひだい》のことである。干鯛といっても塩を利かせた生鯛《いけだい》で、門松がとれるまで竈《へっつい》の上に飾っておいて、その後、汁物にして食べると病気に罹《かか》らないと言われている。

「それではせめて当家の雑煮なりとも召し上がって、お身体を温めてくださいませ」

「よろしいのですか」

源左衛門は胸がどきどきと鳴り続けている。ふと美登利の晴れ着に目がいって、

「よくお似合いですね」

たしかに晴れ着姿の美登利は普段にも増して、可憐で美しく、まぶしかった。晴れ着には、萌黄《もえぎ》の地に新春を感じさせる梅の絵柄が描かれている。

「亡き母の形見の一つなのです」

そう説明した美登利が厨へ消えると、ほどなく雑煮の椀が載った膳が運ばれてきた。鰹節と醬油の濃い色のだしに、焼いた切り餅に小松菜を入れただけの簡素なものである。箸をつけた源左衛門は、

「美味しいです」

うっとりした気分で言った。

「よかった」

美登利は微笑んで、

「今年こそ、兄以外のお方の雑煮をこしらえてみたいと思っておりましたもの――」

頰を赤く染めた。

――それはつまり――

箸を止めて、ごくりと生唾を飲み込んだ源左衛門は、

「わたしもです」

思わず口走り、

「母以外の女人の雑煮を食べたいと思っておりました」

「まあ――」

美登利の顔が歓喜で輝いた。

「美登利殿――」

知らずと、隣りに座っている美登利の手を取ろうとしたところで、

「源左衛門、源左衛門」

母せきの呼ぶ声がした。

「源左衛門、起きなさい。起きないとご挨拶に遅れますよ」

やっと目が醒めた源左衛門は、

「母上でしたか」

がっかりした声を出した。

「何を寝ぼけたことを言っているのです」

せきは源左衛門によく似た丸い柔和な顔をしている。だが、口から出てくる言葉はたいてい辛辣《しんらつ》であった。

「どうやら夢を見ていたようです」

　起き上がった源左衛門はしぶしぶ支度をはじめた。衣桁《いこう》に掛けられた紋付きが目の前にあった。

　今日は正月の二日である。元旦は弟子たちが集って終わったが、二日からは挨拶回りの正念場であった。据物師林家の現当主である源左衛門には、例年、正月はうんざりするほどたくさんの挨拶回りが待っていた。

　そもそも据物師とは浪人の身分で、刀の試し斬りをするのが生業《なりわい》である。試し斬りは処刑された死体を使う場合がほとんどだったが、処刑そのものである場合もあった。

　これらは弟子が代行する場合が多かった。林家の当主には他に大事な仕事があるからである。その一つが代々培《つちか》ってきた刀剣の鑑定であり、あと一つは治療丹《ちりょうたん》と言われる秘伝特効薬の製造であった。

　治療丹とは処刑された人の肝臓や胆嚢《たんのう》を干し上げて、丸薬に丸めた希有《けう》な代物である。これが万病に効くとされ、たいそう高価であったにもかかわらず、ひきもきらない人気なのであった。

「大事な日です。まずはきも蔵に手を合わせに参りましょう」

そう言って、せきは廊下へ出て庭に下りた。紋付きを着た源左衛門は母に従って歩く。きも蔵は治療丹を作るための場所である。陽の射さない暗く涼しい場所にあるので、夏でも冷気が漂っている。冬ともなると思わず身震いが出るほど寒かった。

きも蔵の入口には、常に清めの塩が盛られている。加えて新年には注連縄《しめなわ》が張られ、中の神棚には若水《わかみず》が供えられた。除夜の鐘が鳴り終わるとすぐに、高弟の一人が玉川上水へ走って汲んできたものである。これだけは、源左衛門の父の代から毎年欠かしたことがない。

「父上はよく、若水は一年の邪気を払うからとおっしゃっていましたね」

せきは若水の入った信楽焼《しがらきやき》の茶碗をちらりと見て言った。

罪人の内臓から作る治療丹は、据物師林家だけに許されてきた特許の品である。それゆえ林家は浪人の身とはいえ豊かだった。一万石の小大名並みと称されることもあった。当然、これを妬《ねた》む世間の風評も絶えない。〝罪人とはいえ人の肝を売って蓄財するのは、人の道に反する、鬼畜生だ、いずれ肝を売られた罪人たちに祟《たた》られるだろう〟と言うのである。

先代源左衛門はこれを気に病んでいたようである。

――父上はああ見えて、なかなか繊細な心の持ち主だからだろう――

源左衛門は自分とは似ても似つかない長身痩軀《そうく》で、岩のようにいかつかった四角い父の顔を思い出していた。

その父がふと母に洩《も》らした一言があった。

「おまえは偉いな」

治療丹を作るきも蔵での仕事は、歴代の当主の妻が負っている。

「人肝《ひとぎも》など毎日いじらされては、わしは気が持たない。おかしくなってしまう――」

するとせっせと人肝を丸めていたせきは、

「これあればこそ、この林家は安泰なのでございましょう」

こともなげに答えていた。

今では源左衛門も父同様、母は偉いと敬服していた。

「あなたは見た目はわたくし似ですが、中身は父上に似たのでしょうね」

神棚に手を合わせていたせきが言った。

「だから、きっと、今日のお役目も辛いのだと思います」

林家では、挨拶と名の付く機会に持参する品は治療丹と決まっていた。一番喜ばれる品だからである。これをある大名家に持参するとして、贈るのは大名本人にだけではない。江戸家老をはじめとする主だった重臣たち一人一人に、丁重に頭を下げながら適量を配る。うっかり配り損ねたりすると、貰わなかった輩に何を言われるかわからない。

相手が不在だからといって託すのも考えものである。浪人の分際で武士である自分たちに非礼だと怒るからであった。その手の恨みはかなり根深い。

母の察する通り、源左衛門を襲名してから、疲れなかった正月などなかったが、

「そうでもありませんよ。家人に病に罹っている方がおられると、とても喜んでくれますからね。励みになります」

父とは違って本音は洩らさなかった。

――母上もお年だ。なのに頑張って治療丹を作り続けておられる――

「そうですか。それならいいのですけれど」

せきはほっとした表情になったが、

「わたくしも早く、この荷を下ろしたいものですね」

薄暗いきも蔵をぐるりと見回した。

――また、嫁取りのことか――

いささか、うんざりした源左衛門だったが、

「いやいや、母上、まだまだ隠居なさるには早すぎるお年ですよ。頼りにしておりま

す」

　笑顔でさらりと受け流すと、

「まあ、年寄りは、若い皆様方のお役に立つうちが花でしょうね」

　せきは満更でもない顔になった。

　この後、母屋に戻り朝餉になった。出てきた雑煮には小松菜や里芋、牛蒡、三つ葉に加えて鴨が入っていた。

「鴨ですか」

　源左衛門は一瞬嫌な顔をした。夢で食べた美登利の雑煮に、鴨は入っていなかったからである。

「どうしたのです？　どこか具合でも悪いのですか？」

　せきは案じる顔になった。

「昨日と同じですよ。第一、あなたは鴨入りでなければ、雑煮を食べない子供でしたでしょうに――」

「そうでしたね」

　そこで仕方なく源左衛門は箸を取った。好物であるはずの鴨入りの雑煮は、砂を噛むように不味《まず》く感じられた。

――ああ、夢が消えていく。きっと夢は夢にすぎぬのだ――

二

年末から降り続いていた雪がやっと止むと、江戸の町には澄んだ青空がいちめんに広がった。雪の溶け出した足下の悪いぬかるみを踏みしめながら、その日一日中、源左衛門は年始回りを続けた。

――空が綺麗なのがせめてもの救いだな――

そう思いながら、顧客の大名家や大身の旗本家を訪ねていった。昼をすぎてしばらくすると陽が翳りはじめる。

――暗くなるまでには家に帰り着きたいものだ――

陽が落ちると残った雪が凍りついて滑りやすくなる。源左衛門は子供の頃、夜の雪道で尻餅をついたことがあった。

――明日、明後日《あさって》と雪は溶けて、多少、道もよくなるだろう――

源左衛門の仕事は正月の三日まで続くのであった。

帰り道、両国橋にさしかかると、見知った顔があった。園田孝陽が橋の中ほどに立っている。源左衛門は不思議に疲れた心が生き返るのを感じた。

――いつものことだが、好き勝手に生きているこの人を見ると、なぜか、浮世の辛さも、まあ、いいか、一興かもしれないという気になる――

「園田先生」

声はかけたが相手は振り返らない。見ていると、孝陽は手にしていた水仙の花を大川に投げた。その後ろ姿は怒っているように感じられる。

――何か理由がおありなのだろう――

源左衛門は背を向けている孝陽の前を通りすぎると家路を急いだ。

「おかえりなさい」

息子の帰りを待ちかねていたせきは、転がるように迎えに出てきた。

「お役目、ご苦労様です」

正直、源左衛門はぐったりと疲れていたが、

「雪道を歩くのはなかなか風流でしたよ」

笑顔で言った。

「そうでしょうね」

滅多に家の外に出ないせきは、江戸の町の様子を聞くのが好きであった。

源左衛門は大名家の門飾りの話をした。大名家では必ずしも門の左右に門松を飾ら

ない。古式ゆかしい独自な飾り方をする家々が結構あった。

「人飾りや塩鯛飾り、鼓飾り、竹飾りなどありましたよ。珍しいのと立派なのとで町の人たちが見物に来ていましたっけ」

人飾りとは門松の代わりに家臣を交替で並ばせる飾り方である。塩鯛飾りは大きな塩鯛に昆布、橙《だいだい》などを添え、鼓飾りでは松飾りの上に竹ではなく、藁で作った鼓を載せ、竹飾りとなると松は一切使われない。

「どのお屋敷の御飾りも御先祖代々受け継がれてきて、きっと並々ならぬいわれがおありなのでしょう」

せきは感嘆して、

「やはり、御大名ともなるとご立派なのですね」

さらに感心した。

――母上は大名家あっての林家と思い定めている。それで無条件に崇めておいでなのだが――

源左衛門は心の中で苦笑した。

源左衛門が仕事でつきあっている大名家も、その当主である大名たちも、せきが思い込んでいるほど〝ご立派〟ではない。どの家も財政は逼迫《ひっぱく》していて、重臣たちは頭を悩まし、お飾りの当主は無気力か病弱である。稀《まれ》に当主が若く、壮健すぎると何をしていいかわからず、ひたすら酒色に溺れて浪費を尽くした。時に遊里に入り浸ることにもなる。浪費は止まるところを知らない。これは心ある重臣たちの悩みの種にもなった。源左衛門はよくこの手の話を聞かされる。

「いわれある門松といえども、吉原仲町の大路に立つものにはかないますまい——」

「そうでしたね」

うなずいたせきは、

「あれは背中合わせになっていて、一方を内側に向かせるのは、客が出ないようにという呪いだと聞いていますよ」

一瞬だったが曇った顔になった。

「話に聞くだけで遊郭など恐ろしくて——」

身をすくめた。

この後、せきは夕餉の支度をすると言ったが、人疲れでさすがの源左衛門も食欲がなかった。そう告げると、

「それでは福茶にいたしましょう。今、淹《い》れてきてあげますよ」

せきは厨へと去った。福茶とは大晦日や正月、節分に飲まれる茶であった。淹れ方

は各家で異なり、林家では昆布、黒豆、山椒《さんしょう》、梅干を煮出して作る。子供の頃、食欲がない、ご飯を食べられそうにないと源左衛門が訴えると、普段の日でもこの福茶が出てきた。

さて、居間で一人になった源左衛門は、仏間から漂っている香りが、昨日とは異なることに気がついて、

「母上、香を替えたのですね」

福茶を淹れてきたせきに確かめた。

林家は代々、香をたしなむ。源左衛門もせきとともに、香り当てである聞香《ききこう》を続けていた。最近はずいぶんと聞き分けられるようになってきている。

「ええ」

うなずいたせきは、

「昨日は元旦でしたので、初日香《はつひこう》を香炉で焚《た》きましたが、今日は二日、命日は命日でも祥月なので、雪中花香《せっちゅうかこう》にしたのですよ」

「祥月命日？　はて、どなたが――」

もとより源左衛門の父の命日は二日ではなかった。

「弟子の誰かでしたか――」

源左衛門は首をかしげた。全く思い当たらない。

源左衛門の前に福茶の入った湯呑みを置いたせきは、

「家の者ではありません」

と言い、一瞬ためらってから、

「お忘れですか？　八千代太夫《やちよだゆう》の祥月命日が今日なのですよ」

「そうでしたね。うっかりしていました」

源左衛門は湯呑みを手にして啜《すす》った。

「うっかりなんて言うことはありませんよ。あなたはご挨拶で大変だったのですから」

「たいしたことではありません。毎年のことですしね」

一方のせきはもじもじとした様子で、

「吉原へ行ったことも、八千代太夫に会ったこともないわたくしのような老女が、さしでがましく、太夫の祥月命日を、供養することなどないのかもしれませんが、あまりにお気の毒で――」

源左衛門は即座に、

「そんなことはありませんよ」

と言い、さらに、

「ところで、母上、雪中花香を焚かれているとおっしゃいましたね。雪中花、いったいどんな花なのでしょうか」

「それなら水仙のことです。水仙の別名が雪中花なのです」

「そうでしたか――」

――水仙の花を投げていた園田先生も、母同様、八千代太夫の供養をしていたのだな――

「八千代太夫は水仙の花が好きだったそうです」

せきはそっと言った。

「そういえば、水仙を持っている姿が錦絵《にしきえ》に描かれていましたね。生きていた頃の人気といったらすごいものでした。吉原でも、あれだけの太夫は滅多《めった》に出るまいと言われていましたから」

「けれど、あそこまでの方があんなことに――」

せきはふっと悲しそうなため息をついてうつむいた。

八千代太夫は全盛を極めて身請けされた。一昨年の秋のことであった。二千両という、たいそうな身請け金が廓《くるわ》に支払われ、江戸中の評判になった。身請け金はそれまで千両が上限であったからである。

「あの途方もない身請け金のことも含めて、八千代太夫について、皆、あまり語りたがらなくなりましたね」

人の噂も七十五日というが、江戸の人々が八千代太夫のことに触れなくなったのには理由があった。

「あんなひどいことになってはねえ」

せきは袖の端で目頭を押さえた。

八千代太夫は昨年、一月二日、身請けした大坪藩の当主西山《にしやま》摂津守友成《ともなり》に成敗されて果てた。しかもその場は大川に浮かべられた雪見の舟の中であった。去年も正月は雪であった──。

友成は、〝あんこうの吊るし斬り〟と称して、太夫を舟の上に立たしたまま切り刻んだと言われている。その後、太夫の遺体は、ざぶんと大川へ捨てられ、未だに何の供養もされていなかった。つまり、あまりにも凄惨な末路であった。その名を口に上らせただけで、太夫の怨念に取り憑《つ》かれそうだと、真顔で言いだす者もいた。

「大坪藩といえば奥州の大藩。大藩の御大名ともあろうお方が、どうしてあのようなことをと思っていたのですが──」

そこで一度、せきは言葉を切って、

「使用人の一人が瓦版屋から聞いた話を教えてくれました。何でも太夫には年季が明けたら添おうと、言い交わしていた相手がいたそうですよ。なのに吉原では、さんざん御大名たちに太夫の身請けを競わせて、値ばかり吊り上げていたとか――まこと、吉原は恐ろしいところです」

「ほう、それは初耳ですね」

相づちを打った源左衛門だったが、この話はすでに知っていた。あえてせきとの話の種にしなかったのは、とことん救いのない話だったからであった。

――母上は知らぬ方がいい――

そう思っていたのである。

「お相手の浪人は太夫が成敗されたことを知って憤り、その大坪藩の御門の前で自刃して果てたそうです」

「許せない話ですね」

思わず源左衛門が本音を洩らすと、

「ほんとうですよ」

うなずいたせきは、

「大藩の御大名ともあろうお方が――」

前の言葉を繰り返して、またしても首をかしげた。

三

翌日もまた、その翌々日も源左衛門は年始回りに忙しかった。ひとまず大名家が終わると、次は大身の旗本家という順序になった。旗本家にいる中間《ちゅうげん》の中には、渡り中間といって旗本屋敷を転々として仕える者も多くいた。

源左衛門はこれらの渡り中間たちにも、分け隔てなく、また愛想よく治療丹を配った。ついては誹謗《ひぼう》中傷を恐れるからではなく、耳よりな話を仕入れるためであった。主家を一つと定めない渡り中間たちは、それほど忠義に固執していなかった。とかく口が軽く、噂好きであった。

しかし、それにしても、五日は、どこへ行っても噂話でもちきりであった。

ある旗本家でのこと、

「お聞きになりましたか？」

まずは渡り中間の一人に、このように仄《ほの》めかされて、

「はて――」

決まって源左衛門が首をかしげてみせると、

「まだ、お知りにならない？」

相手の目は輝きを増して、

「焦《じ》らさずに教えてくださいよ」

源左衛門が乞うと、うんと大きくうなずいて、

「林殿」

それでも勿体《もったい》ぶって、

「お願いです」

源左衛門が深々と頭を下げるのを待った。

「幽霊ですよ、幽霊」

相手はわざと声を低くした。

「この冬にですか？」

「ええ、ですから巷では冬幽霊と呼んでいます」

「誰の幽霊なんです？」

「知れたことですよ。幽霊は新年の二日から出てきていますからね」

「するとあの八千代太夫ですか」

「そうです。あの西山摂津守に成敗された八千代太夫ですよ」

「それで幽霊はどこに現れるんです？」

「これも知れたことではありませんか」

「はて──」

大川の川辺だろうとは思っていたが、源左衛門はにこにこと笑って惚けていた。処世はたとえ相手が渡り中間でも、花を持たせるに越したことがないのである。

「何でも、はじめに姿を見せたのは正月の二日の夕刻だそうです。吾妻橋《あづまばし》、両国橋、新大橋、永代橋《えいたいばし》──どれも大川に架かる橋です。橋の上に立って水仙の花を川に投げていたそうですよ。水仙といえば八千代太夫の好きな花で、錦絵に描かれるほどですからね。そうそう、雪中花香なんていう香も売り出されて飛ぶような人気でした」

聞いた源左衛門はすぐぴんと来て、

──両国橋なら園田先生がおいでになったところ──

念のため、

「幽霊はどんな様子だったのですか？」

と訊いた。

「何でも黒地に白い牡丹と鳥が描かれた着物を着ていたとか」

両国橋で会った孝陽を思い起こしてみた。黒地に富士と鷹の絵模様の着流し姿であった。源左衛門が知る限り、孝陽の一張羅《いっちょうら》である。

――鷹は鳥にちがいないし、薄暗がりでは雪のかかった富士が牡丹に見えることもあるかも――。

そこで、

「水仙を手にしている八千代太夫が描かれている錦絵は、黒地に赤い牡丹、鳥は孔《く》雀《じゃく》だったように覚えていますが――」

「まあ、この雪ですからね、赤が白に見えたのでしょう」

――いい加減すぎる――

源左衛門は呆れたが黙っていた。興味津々《しんしん》で聞いていると誤解した相手は、

「その証拠に翌三日には、八朔白無垢《はっさくしろむく》の幽霊も出てきたのです。この雪に白無垢でしょう。幽霊は雪女にあやかったのかもしれませんね」

八朔白無垢とは八月一日に限っての礼装である。吉原の遊女たちは白い小袖を纏《まと》う。徳川家康が江戸を開府したことを祝う儀式であった。

「そして、やはり、幽霊は橋を回り、手にしていた水仙を次々に川に投げていったとか――。さすが八千代太夫、絶世の美女ですよ」

「顔を見た人がいるんですね」

「ええ、それはもう、何人も。たしかに遊女の時の八千代太夫だ、花魁《おいらん》道中で見た顔だと言っています」

——花魁道中は顔を白塗りにするから、白塗りにしていれば誰でも八千代太夫だと思うだろう。けれども、園田先生がまさか、そんなことまでやってのけるとは——

源左衛門はとても信じられない思いでいた。

一方相手は、

「まだ続きがあるんですよ」

早く話したくてならない様子であった。

「まだあるんですか」

「昨日、出てきた幽霊の話がまだです」

「昨日も出たんですね」

「出ましたとも。どこへ出たと思います?」

これまで惚けるわけにはいかなかった。子供でもわかることである。

「大坪藩の上屋敷ですね」

「言わでもがなですよ」

「幽霊は何をしたのです？」

「門番がうたた寝をした隙に、松飾りに水仙を活けていきました」

「大坪藩では大変な騒ぎでしょうね」

「その通りです。御大名家の松飾りといえば、代々お家に伝わる護符《ごふ》そのものですからね。それがこんなことになっては――」

「護符が八千代太夫の呪いに変わってしまったわけですね」

「ここだけの話ですが、吉原から戻って話を聞いた摂津守様は、新年早々、床に伏せてしまっておられるそうです」

「摂津守様は正月から吉原へおいでですか」

――懲《こ》りないものだな――

源左衛門は苦々しく思った。

「きっと、遊郭通いは男冥利《みょうり》に尽きる楽しみなのでしょうな」

しがない渡り中間は羨《うらや》ましそうに言った。

源左衛門は、

「それはそれはお気の毒な」

口ではそう言ったが、内心、

――これぞ、自業自得というものだ――

と思わずにはいられなかった。

この日、家に帰ると、

「中野正之助《なかのまさのすけ》様がお待ちです」

出迎えたせきが告げた。

「中野正之助様――」

聞いた源左衛門は憂鬱《ゆううつ》な気分に陥った。

「中野様といえば、大坪藩の江戸家老様であられますね」

せきも不安な様子である。

「幽霊騒ぎのことは、わたくしも聞いていますよ。大変な騒ぎで、この家に居ても、耳に入るほどなのです」

「なるほど」

源左衛門は客間で中野正之助と向かい合った。白髪の中野正之助は物腰が柔らかく、整った顔立ちは品格と誇りの高さを感じさせる。また、言葉少ない御仁としても知られていた。

「新年早々、失礼申し上げる」

正之助は丁寧に頭を下げた。

源左衛門も新年の挨拶をした。ということは、大坪藩にはまだ、年始に出向いていていなかった。その詫びを口にすると、

「いや」

正之助は右の手の平を突き出して、

「詫びるには及ばぬ」

と遮《さえぎ》った。

仕方なく、源左衛門は、

「その節は――」

小さく呟いて頭を垂れた。

源左衛門が大坪藩と疎遠になった理由は、一昨年の夏、大坪藩に代々伝わる名刀備《び》州則宗《しゅうのりむね》を贋作《がんさく》だと鑑定したからであった。大坪藩では藩主友成の命により、この家宝備州則宗を骨董屋に高値で売り払い、八千代太夫の身請け金の一部にあてる腹づもりだったのである。

この時、源左衛門は、

「大変残念ではございますが――」

贋作だと告げて、預かっていた名刀を返した。

聞いた正之助は、

「そうであったか」

ぽつりと一言呟いたきりであった。大坪藩から出入り禁止の書状が届いたのは、数日後のことであった。出入り禁止とされては、たとえ新年でも挨拶には行けない。

しかし今は、禁止を言い渡したはずの側が訪ねてきている。何ともおかしな具合であった。

「わたくしに御用の向きとなりますと、やはり刀剣の目利きでございましょうか」

源左衛門は重い気持を振り払うようにして訊ねた。

うなずいた正之助は、

「備州則宗のことで頼みに参った」

「備州則宗――」

思わず繰り返した源左衛門は、この備州則宗にまつわる、空恐ろしい話を思い出していた。これも出入りしている旗本家の中間部屋で聞いた噂だった。あまりの無残さ、恐ろしさに、とうてい母には話せない内容である。しかも他ならぬ源左衛門も関わっている。

四

中間の一人はこんな話を源左衛門にしていたのだ。

〝その時、摂津守様は家宝の備州則宗を抜かれ、

――いやしくもこの天下の名刀を贋物《にせもの》という者がおる。いいか、者ども、今、とくと良き斬れ味を見せるゆえ、しかと見よ――

と目を血走らせ、八千代太夫を膾《なます》のように刻み続けられたというのですよ〟

これを聞いた源左衛門は、

――贋物とはいえ、あれは刀工《とうこう》の魂がこめられた名品ではあった。その刀をあのように使うとは――

口惜しさで心が震えた。

「何も今更、再び目利きをお願いしたいわけではござらん」

正之助は源左衛門を見つめて、

「第一、もうあの刀はない」

「ないとおっしゃると――」

「あれは太夫と一緒に大川の中にある」

「捨てられたのですね」

「友成様のお言いつけであった」

「ならば――」

源左衛門は首をひねった。何で備州則宗のことで頼みになど訪れたのだろうか？

「林殿はあれは贋作だとおっしゃったな」

「如何にも」

「あれに代わる、備州則宗の贋作を見つけていただきたい」

「と申されても――」

「見つけるのはむずかしいと？」

「贋作といえど、あれほどの代物、見つけようとして見つけられる物ではありますまい」

「たしかに――」

正之助は苦渋を顔に滲《にじ》ませた。

「骨董屋を訪ねられてはいかがですか」

「昨日から、家臣たちが足を棒にして江戸中の骨董屋を当たっている」

「ないのですね」

正之助は黙ってうなずいた。

「なにゆえに備州則宗の贋作をお探しなのか、お聞かせいただけませんか？」

源左衛門は訊かずにはいられなかった。

「今、江戸市中では八千代太夫の幽霊の話でもちきりだ」

「そのようですね」

「友成様は床に伏されておる」

「それは一大事でございますね」

源左衛門は、はじめて聞いたふりをした。

「幽霊は祥月命日と翌日、翌々日と出ている。幽霊は八千代太夫ゆかりの水仙を大川の橋の上から落とし、上屋敷の松飾りに差し入れた」

「それはますます大変なことで――」

「当家に仕えている祈禱師は、八千代太夫の幽霊は殿に恨みがあると言う。恨みを晴らすために化けて出てきたのだと――」

正之助の顔は深刻そのものである。

「そうでございますか」

源左衛門も必死に正之助と同じ顔を作ったが、内心、

――その程度のことは誰でも思うだろう――

祈禱師に頼り切っているのが滑稽だった。

「祈禱師は大川の川底から八千代太夫の遺骸を引き上げ、ねんごろに供養さえすれば、幽霊は悪さをせぬだろうと言っている」

「しかし、それは――」

源左衛門は口籠もった。広い大川をさらって遺骸を探すのはほとんど不可能であった。

「それが無理ならせめて、八千代太夫を成敗した備州則宗に火を入れ、叩き折りさえすれば、太夫の恨みは晴れるだろうと祈禱師は言うのだ。だが当家の備州則宗といえば、太夫と一緒に川の中だ」

「なるほど、それで、贋作を探されているのですね」

源左衛門は相づちは打ったものの、

――ほんとうに幽霊がいるとして、恨みを晴らす相手はよもや、備州則宗ではない。祈禱師も藩で禄をはむ身ゆえ、真《まこと》のことは言えぬのだな――

呆れる思いであった。

すると正之助は、

「最後の頼りは林殿だったが、どうやら、その林殿をしても探し当てるのはむずかしいようだ。そこで林殿にお願いがある。刀剣や刀工をよく知っておいでと見込んでのことだ。備州則宗そっくりの贋作を、これぞと思う刀工に頼んで作ってもらってほしいのだ」

やはり真剣な顔である。

聞いていた源左衛門は、

——馬鹿げている——

一笑に付したかったがそうもいかず、

「それも祈禱師が言ったことなのですね」

念を押すと相手はうなずいた。

源左衛門が、

「供養のため、火を入れ、叩き折るために贋作を作れというのですね」

もう一度確かめると、

「左様」

返ってきた答えに、

——これでは八千代太夫の供養はおろか、刀やそれを鍛える刀工も報われない——

すぐにも断りたかったが、

「わかりました。一、二、心当たりの刀工を当たってみますが、贋作とはいえあそこまでの出来映えとなりますとなかなか――」

と言って口を濁した。

源左衛門が中野正之助を見送って戻ってくると、客間では、せきが盆を手にして茶碗を片付けようとしていた。

「母上、ちょっとお訊きしたいことがあるのですが」

「はて、何でしょう？」

「先ほど母上は幽霊の話を聞いたとおっしゃっていましたね」

「ええ、使用人たちから」

「八朔白無垢姿の幽霊のことも話していましたか？」

「もちろん、よく顔が見えたのはこちらの方だったと、皆が言っていました」

「といっても、白塗りでしょう」

「それはそうでしょうね。礼装とはいえ遊女ですから」

「だとしたら、男が女に化けていてもわからないと思いませんか」

「幽霊は誰ぞがふりをしているのだと、あなたは思っているのですね」

「はい」

せきは八千代太夫を哀れに思っている。幽霊になって化けて出てもおかしくないと言い張ってもおかしくなかった。だが、せきは意外にも、

「わたくしは幽霊になど、生まれてこのかた出会ったことがありません。世の中の人が幽霊の溜まり場のように思っている、あのきも蔵にいてさえも、一度も見かけていません。ということは、あなたが言う通り、人が化けているにちがいないのです」

源左衛門に賛成した。

「ただし、化けているのは吉原のお女郎さんでしょう」

「どうしてそう思うのですか」

「べっ甲の簪《かんざし》を前髪に八本付けていたそうですよ。見て数えた人がいるのですよ。それから赤い長襦袢《ながじゅばん》を着て、黒い木履《ぽっくり》を履き、本帯を前で結んでいたともいうのです。どう見ても吉原の八朔白無垢姿だったと――。こうも都合よく、着物や小物が手に入るのは、吉原のお女郎さん以外いませんよ」

「なるほど」

源左衛門は感心した。しかし、

「ですが、母上、吉原勤めの人たちは大門を出ることなど、できはしないのです」

「たとえ一時であっても、年季もあけないのに外へ出れば、これは足抜けです。連れ戻されて、きつい仕置きを受けることになるのです」

「一時もですか」

「そうでした、だから苦界《くがい》というのでしたね」

せきはほっと息をつくと、

「やれやれ、世間に疎《うと》いわたくしごときが、つまらないお話を聞かせてしまいましたね」

盆を手にして立ち上がった。

そんな母の後ろ姿を見送った源左衛門は、突然、

「母上」

と呼び止め、

「母上はたしか、八千代太夫の祥月命日の正月二日に雪中花香を焚いていましたね」

「ええ、でも、それが何か？」

「母上と同じように、無念を推し量って、八千代太夫を偲《しの》び、雪中花香を焚いた人がいてもおかしくありませんね」

「それはそうでしょう」

「ところで、母上、雪中花香をどこでもとめましたか？」

「京橋にある薫香堂《くんこうどう》ですよ」

「主が亡くなった後、お内儀《かみ》が店を守っていて、そのお内儀がたいそう美人だと有名なところですね」

「おや、美人の話となるとくわしいこと――」

「まあ」

「思い出しましたよ。白無垢姿の幽霊がはじめて出たのは二日の夕刻、薫香堂の店の前だったとか――。それもあって、あっという間に幽霊話が江戸中の噂になったのですよ」

――二日の夕刻といえば、園田先生が橋から水仙を投げていた――

源左衛門は、

「これでやっとわかった」

にこにこと笑った。

「何がわかったのです？」

呆気《あっけ》にとられているせきを尻目に、

「ちょっと出てきます」

源左衛門は外出の支度をはじめた。

「外は暗いですよ。それに夜道は滑ります。明日にしたらいかがです？」

「明日はまだ年始回りが残っています」

「そうでしたね――」

「ですから今から行ってまいります」

そう言って源左衛門はそそくさと家を出た。

五

「お邪魔します」

源左衛門は孝陽の家の戸口で声をかけた。

「おぬしか」

出てきた孝陽は猪口《ちょこ》を手にしている。

「おぬしからの酒を飲んでいるところだ。美味い」

「そうでしたか」

源左衛門はあわてて新年の挨拶をした。戸口に松飾りがなかったせいもあるが、どうも孝陽が相手だと調子がおかしくなる。いつものことである。しかし、そのおかしくなり具合が、少しばかり面白いのもいつものことだった。

――この人は社交辞令など屁とも思っていない――

「ふん」

孝陽は挨拶の代わりに鼻を鳴らし、

「やっと来たな」

改めて目の前の源左衛門を見据えた。

「まあ、入れ」

源左衛門は戸口で草履を脱いだ。隣りにあるのは女物の下駄である。

――やはりな――

確信した。

廊下を歩いて孝陽の部屋の前をすぎた。珍しく襖が閉められていて、人の気配がある。

――あわてて隠れたのだろう――

「用は何だ」

孝陽は居間の火鉢の前に陣取っている。

――〝やっと来た〟とはどういう意味だろう――

と源左衛門は思いつつ、

「この二日の夕刻、両国橋でお目にかかりましたね」

「そうであったかもしれぬ」

「その時、水仙の花を川に投げておいででした」

「ああ」

「あれは非業に死んだ八千代太夫を供養するためですね」

「そうだ」

「先生は吾妻橋、両国橋、新大橋、永代橋と回って供養を続けた」

「それがどうした？」

孝陽はじろりと源左衛門を見た。

「先生の目的はもう一つあったはずです。暗がりに紛れ、自分の姿をあたかも、八千代太夫の幽霊であるかのように見せることでした。それで、よく売れて誰でも知っている、錦絵に描かれた八千代太夫の姿を真似たのです。水仙に、黒地に牡丹と鳥の着物。先生をよく知っているわたしだから、着物の模様が富士に鷹だとわかったのですよ」

「悪くない推量だ」

孝陽はニヤッと笑った。

「幽霊の噂も先生が流していた」

「まあな」

「だが先生お一人ではない」

「ほう――」

孝陽は源左衛門の次の言葉を待った。

「あなたの寝所に隠れておいでの方です」

源左衛門は顔を赤くして言った。

「その通りだ」

大きくうなずいて立ち上がった孝陽は、廊下を二、三歩歩いて、襖の前に立つと、

「案じることはない。出てきて大事ないぞ。これからの相談もある」

と言った。

ほどなく、年の頃は二十七、八の年増ではあったが、瑞々《みずみず》しく清楚な印象の美女が顔を出した。せきが焚いていた雪中花香の匂いがした。

「薫香堂のお内儀とお見受けしました」

言い当てた源左衛門の言葉に、

「はい」

緊張した顔でうなずいた相手は、

「ふゆと申します」

深々と頭を下げた。

そのおふゆを、

「あちらで話そう」

孝陽は促した。

源左衛門は、

――なるほど、〝これからの相談〟とやらがはじまるのだな――

とは思った。

居間では三人が車座になった。孝陽はくつろいだ様子で酒を飲み続けている。二人はしゃちこばって座っていた。おふゆはうつむいている。源左衛門は孝陽が何か言い出してくれるのを待っていたが、

「話の続きだと、おふゆさんに用があるのはおぬしのはずだ」

猪口を口に運びながら孝陽は言った。

たしかにその通りで、

「二日、三日と八朔白無垢姿で、薫香堂や大川の橋の上に現れたのはあなたですね」

源左衛門は思い切っておふゆに訊いた。

おふゆは黙ってうなずいた。

「四日には大坪藩の松飾りに悪戯《いたずら》をした。これもあなたですね」

しかし、おふゆは首を縦に振らなかった。黙ったまま孝陽の顔を見つめた。

源左衛門はあっと声をあげそうになって、代わりに、

「こちらは先生でしたか――」

と言った。

――しかし、よくも見破られなかったものだ――

すると、源左衛門の思惑を察したかのように、

「人は一度こうだと思ってしまうと、自分の思っているままに信じるものなのだ。八千代太夫の幽霊は水仙を手にした、絵模様のある黒地の着物姿、八朔白無垢姿だと思い込むと、そのいでたちさえ似ていればそうだと思い込む。まして、深夜ともなれば門番たちは眠く、あたりは暗い」

と言った。

――たしかに、女の身のおふゆさんが松飾りに細工するのは危険すぎる。仕損じて

気づかれてしまっては、即刻斬り捨てられるだろう。それで園田先生が代わりになったのだな。しかし、如何に先生が剣の達人でも、いざとなれば相手は多勢、これだって命がけだ——

源左衛門は孝陽の無謀さに呆れた。

「つまり、お二人は示し合わせて、この幽霊騒動を起こしていたわけですね」

おふゆはうなずき、孝陽は、

「面白そうな話ゆえ、つきあったまでのことだ」

——相変わらず、命がけの大変なことを、いとも簡単に言ってのけるお方だ——

源左衛門は孝陽の物言いに感心していた。そして、

「わからないのは、どうしてこんな騒動を起こさなくてはならなかったのか、ということなのです。話していただけませんか？　もしかすると、あなたは、八千代太夫の妹御か、言い交わしていたというお相手の方のお身内では？」

おふゆの目を見ていた。

「いいえ」

静かに首を振ったおふゆは、

「わたくしと八千代太夫とは血はつながっておりません。でも妹のように可愛がって

もらいました。どれだけお世話になったことか――」

早くも目をしばたたかせた。

「するとあなたは――」

「ええ、そうです。亡くなった夫に身請けされる前は、吉原におりました。その頃は雛鶴と申しました」

――なるほど、吉原にいたのならば、八朔に着る白無垢も持ち合わせていて、簪や帯などの着付けの仕方もよく知っていたはずだ――

源左衛門は心の中で手を打った。

おふゆは話を続けた。

「遊女のわたくしは通ってきてくれる夫と恋仲になりましたが、大店の主などではない夫には、わたくしを身請けするお金などありません」

「つまり、二千両という太夫の身請け金には、あなたの分も含まれていたのですね」

おふゆはうなずいた。

「お姉さん、八千代太夫は常々、好いた人ができたら、こんな仕事をしていていいわけがないと言っていました。それで妓楼にかけ合って、わたくしの分を肩代わりしてくれたのです」

「そこまでしてくれた八千代太夫が、あんな風に無残に殺されたのが、あなたは許せなかった――」

「そうです。それでこの計画を思いつき、園田先生のお力をお借りしたのです」

「お姉さんは摂津守様に身請けされると決まった時、言い交わしていた方のことは一生忘れない、この身はともかく、心だけはその方のものだとわたくしに言っていました。ですからきっと摂津守様は心の狭いお方です。お姉さんにそういう方がいることをどこからか知って、ただただ嫉妬に狂われたのだと思います」

「たしかにあそこまでの仕打ちはひどすぎますね」

黙って聞いていた孝陽は、

「彼奴《きゃっ》は金でわが物とした女ならば、生かすも殺すも勝手次第と思っておる。人を人とも思わぬ所業だ」

と言い、

「断じて許せぬ」

声を荒げた。

「だが幽霊騒動だけでは、せいぜい相手が床に伏す程度だ。こちらも夜な夜な幽霊の真似をし続けることもできない。そのうちに、彼奴はけろりとして、また吉原通いをはじめるだろう。ここは一つ、ぐうの音も出ないほど懲らしめる必要がある」

源左衛門をじっと見据えた。

――これがさっき、顔を見るなり、〝やっと来た〟と言った意味なのだな。やれやれ、今度はわたしもつきあわされるのか――

源左衛門は孝陽がいったい何を言いだすのかと、緊張とも期待ともつかぬ気持でいた。

六

翌々日、源左衛門は先代からつきあいのある中野正之助に文を送った。すぐに訪れてきた正之助は客間で源左衛門と向かい合うなり、

「備州則宗の贋作がご用意いただけたか」

と切り出した。

「これにございます」

源左衛門は刀掛けから一振りの刀を外すと、すっと正之助の前に出した。

「備州則宗とは似ても似つかぬ」

普段は物静かな正之助のこめかみに青筋が立っている。

「もとより、林殿のものなどに用はない」

しかし、源左衛門は、

「まちがいございません。これは備州則宗にございます」

涼しい顔で言った。

「そなた、たかが据物師の分際でわが藩を愚弄するのか」

正之助はとうとう、畳に置いた自分の刀を引き寄せて握った。

これを見た源左衛門は、一瞬、ぎくりと身がすくんだが、

「滅相もない」

にこにこと笑って、相手に刀を戻させると、

「ですが、これはやはり備州則宗なのです。いや、いずれ、備州則宗になる代物と申し上げるべきでした」

「いずれ備州則宗になると？　たわけたことを申すな」

「ほんとうでございます。嘘偽りなどではございません」

源左衛門はきっぱりと言い切った。

「それではなぜ、このわたくしの持ち物が、大川に沈んだ大坪藩の備州則宗、几帳面にいえばその贋作になるのか、お話しいたしましょう。まずはお訊ね申し上げます。

大坪藩では、沈んだものとよく似た備州則宗の贋作をお探しになっておられた。これはまちがいございませんね」

「如何にも」

「大坪藩に仕えている祈禱師によれば、刀を供養すれば、八千代太夫の魂は鎮まって、幽霊になってこの世に出てくることはなくなる。そうでございましたね」

「そうだ」

決まり切ったことをくどくど繰り返すなという顔で、正之助は源左衛門を睨みつけた。しかし、源左衛門は少しも動ぜず、

「それは少しちがうような気がします」

「どうちがうのだ」

正之助はいきり立った。

「備州則宗は名の知れた刀です。ですから、これに似せて作れと言われれば、作ることのできる鍛冶職人もいるはずです。けれども、これを供養したところで、八千代太夫の幽霊を退治することなどできはしません」

「どうしてだ？」

「川底にある、八千代太夫の血を吸った刀剣ではないからです。身代わりでは供養に

も退治にもなりはしません」

正之助は黙ってしまった。

「そうは思われませんか」

源左衛門は畳みかけた。

「たしかに――」

渋い顔になった正之助は、

「道理は祈禱師よりも林殿の言い分にあるな」

と認めて、

「だが、それが備州則宗に替わる理由にはなるまい」

源左衛門の刀を見つめた。

「摂津守様のお苦しみ、如何ばかりかと察せられ、この林源左衛門、つてを辿って江戸市中の刀工を探しました」

「何だ、備州則宗の贋作を作らせる気だったのではないか」

「いいえ、わたくしが草の根を分けて探しましたのは、並み居る刀工ではありません」

「どんな奴か？」

「探し出しました相手は、刀の心と書いて、刀心と名乗る者です」

「名だたる者か」

「名だたる者以上の力を持っております」

「どんな力か？」

「刀剣に心を宿すことができるのです」

「刀剣に心などあるまい」

「心がなければ、祈禱師も八千代太夫の骸《むくろ》の代わりに供養するようになどとは言いますまい」

「それはそうだが――」

「刀剣とは人と人とが命のやり取りで使うものでございましょう。だとすれば、宿っている心は命を奪われた相手の無念にちがいありません。八千代太夫を斬ったそちらの備州則宗もそうであるはず。太夫の無念が染み込んでいるものと思われます」

「そうかもしれぬな」

「刀心と名乗る刀工は、斬られた亡者の無念を刀に移す名人なのです」

「それゆえ、林殿の刀が川底に沈んでいる備州則宗になるのか」

「はい」

大きくうなずいた源左衛門は、

「供養は形にするものではございませんから。八千代太夫の無念さえ宿っているものであれば、それで充分なのです」

「なるほどな」

正之助はほっとして肩で息をついたが、

「だが、どうやって、太夫の無念を移すのか？　太夫は川の中なのだぞ。手だてなどあるとは――」

「むずかしいことではございません」

笑顔で応えた源左衛門は、

――とうとう、やったな――

心から安堵していた。

「幽霊に訊くのか？」

不安そうな正之助に、

「いえ、お訊ねするのは摂津守様にでございます。成敗なされた時のご様子をくわしくお話しいただければ、必ずやわたくしの刀に無念が移るのです」

「病の殿に会うというのだな」

正之助は渋い顔をした。

「はい。恐れ多いことながら」

「それで幽霊が退治できるというのは、真であろうな」

「真でございます、ただ――」

「ただ、何だ？　申してみよ」

「無念を移す力があるのはわたくしではございません。稀なる刀工、刀心でございます。摂津守様のお話は刀心も一緒に伺わないことには――」

「どこの馬の骨だかわからぬそやつも、殿の枕元に呼べということだな」

「はい、それがよろしいかと――」

正之助はますます渋くなった顔で黙ってうなずいた。

そのまた翌々日の夕刻、源左衛門は大坪藩上屋敷へと赴いた。連れは言わずと知れた園田孝陽であったが、この日の孝陽は古着屋で買った、ぞろりとした墨衣《すみごろも》を身につけていた。源左衛門が家まで迎えに行くと、

「仏門に入った刀工ということにしておこう」

孝陽は気楽に言った。

「仏門に入ったのであれば、頭も丸めていただかないと」

源左衛門が孝陽の髷《まげ》を見上げると、

「ならばこうしよう」

墨衣の衿《えり》に庭に咲いていた寒椿の赤い花を挿して、

「変わった祈禱師でよい」

満足げに言った。

――この人ときたらまるで緊張していない。しくじれば、一刀両断にされるというのに――

すでに源左衛門は冷や汗が全身から滲み出ている。屋敷を出る時、

「何だか、顔色がすぐれませんね、源左衛門。子供の頃、手習いの試験がある日はいつもこうでしたよ。何かあるのですか？」

早速、母のせきに案じられてしまった。

「何でもありません、そろそろ年始回りの疲れが出てきたのです。今日は親しい仲間を訪ねるので大丈夫、帰る頃には、きっと晴れた気分になっているはずです」

とは答えたものの、

――ほんとうに戻れるものかどうか、母上ともあれが最後では――

そんな源左衛門を尻目に、孝陽はずんずんと先を歩いていく。

――松飾りに水仙を活けたのもこの人の仕業だった――

たいした度胸だと感心しつつ、

——しかし、今度はあれよりよほど手強いはず——

二人は大坪藩上屋敷の松飾りの前まで来ると、門番に家老の中野正之助へ取り次いでもらった。

正之助は、じろりと孝陽を睨み据えて、

「その方が刀心か」

すると孝陽は、

「左様にございます」

今まで源左衛門が目にしたことのないような、神妙この上ない態度で答えた。

「縁あって、こちらの殿の病の源である、幽霊を退治させていただきたくまいりました」

孝陽の言葉には威厳があった。

「よし、わかった。早速お願いいたそう」

二人は藩邸の奥にある友成の寝所に案内された。

——これが摂津守か——

摂津守友成は床に伏し、頭に紫色の布を巻き付けている。細い身体つきで背も低く、年はそれなりにいっているのだろうが、一見少年のように頼りない藩主であった。

「お人払いを」

孝陽は有無を言わさぬ口調で言った。

「それがしもか？　立ち会わせてはくれぬのか――」

と言う正之助に、

「無念は人を嫌うもの。わたくしども以外は不要。よって、ご遠慮いただきたい。わたくしがよいと言うまでは、ここへ近づくこともなりません。無念移しも中途半端で終わると、幽霊を退治できぬばかりか、かえって、ご病状を悪くさせてしまいますゆえ」

「わかった」

正之助は出ていった。

部屋には病臥している摂津守と孝陽、源左衛門の三人になった。

孝陽は重々しく、

「では、はじめます」

と言った。

「まずはこれをお飲みください。お気持が落ち着いてまいりますゆえ」

薬籠から丸薬を取り出して渡した。

「飲むのか」

摂津守は心もとない様子で、懐紙に載せられた丸薬を見つめていたが、

「飲まぬと幽霊を退治することができません。相手は幽霊、このままにしておくと、祈禱師の結界をすり抜けて、いずれ、殿の夢枕まで忍び寄ってくるでしょう」

「そ、そうなのか」

「はい」

孝陽は自信たっぷりに笑った。

「わかった」

とうとう摂津守は丸薬を口に入れた。源左衛門は近くにあった吸い呑みを素早く取り上げると、摂津守の口へと押し当てた。ごくんと摂津守は無事丸薬を飲み込んだ。

――孝陽先生によれば、この薬は一時、夢とうつつが一緒くたになるものと聞いている――

その後、源左衛門は刀を摂津守の枕元に置いて、用意してきた雪中花香を焚いた。

――これは摂津守の恐怖を煽《あお》り、幽霊を見やすくさせるものだとか――

その香を嗅いだとたん、摂津守はぎょっとして、

「こ、これは」

「八千代太夫ゆかりの香でございます」

「わ、わしは好かぬ」

摂津守は目を血走らせた。

「好きでなくとも、これを嗅がぬとお話しはできぬでしょう」

「嫌だ、嫌だ」

しばらく摂津守は子供のように駄々をこねていたが、そのうち、薬が効いてきたのか、虚《うつ》ろな目になって、

「どうか、お話しください」

という孝陽の言葉に、

「正之助に話をするようにとは聞いているが」

青い顔の摂津守は弱々しく、

「八千代を斬り捨てた時のこと、よく思い出せぬのだ。やっとわが物とした八千代が、人づてに心はわしにないと聞いて、雪見の舟の中で問い詰めたところ、そうだと泣きながら答えた。それが気に入らなくて、気がついてみたら、贋物と言われて売る

ことのできなかった、当家の備州則宗を手にしていた。わしを裏切っていた八千代も、身請け金の足しにならなかった備州則宗も両方、憎かった。憎くて、腹立たしくて、たまらなくなって、はっと我に返ってみたら、無残な姿で八千代が死んでいた」

そこで摂津守は両手で顔を覆い、わあわあと声をあげて泣きだした。

「八千代、八千代、許してくれ」

大声で叫んだ。

「いや、許しませぬ」

その声に摂津守は顔から両手を取り除けて、孝陽を見つめた。源左衛門は、

――まさか――

慄然《りつぜん》として孝陽を見つめていた。それは細い女の声だったからである。

墨衣の上にいつのまにか白無垢を羽織っていた孝陽は、

「川底は真に冷たいところ、いざ、お連れ申し上げましょう」

摂津守の方へと足を踏み出した。声音は変わらず細く、恨みが籠もった哀調である。

「八千代、おまえか」

摂津守は叫んだ。

「さあ、さあ、摂津守様、真の闇の川底へとご一緒いたしましょう。わちきをあのように無体に吊るし斬った摂津守様、お恨み申し上げますぞ——」

「おのれ、化け物」

摂津守は枕元の太刀を取ろうとした。だが、身体が動かず手が届かない。

そこで、孝陽の八千代太夫がにやりと気味悪く笑うと、ぞっと身震いしてがたがたと震えだし、

「嫌だ、嫌だ。まだ、死にたくない、死にたくない」

呟いた摂津守は身体を揺すった。見開かれた両目は恐怖に戦《おのの》いている。大声をあげて、部屋の中を逃げまどっているつもりなのだが、布団の上に身体を起こしているにすぎない。

そんな摂津守にゆっくりと近づいた孝陽は、震え続ける摂津守の耳に口を近づけて、

「許してほしければ、隠居して仏の道に入りなされ。そうすればきっと八千代太夫も浮かばれましょう」

と囁《ささや》いた。

「わかった、わかった」

泣きじゃくりながら、摂津守は何度もうなずいた。

大坪藩主西山摂津守友成が隠居して仏門に入ったのは、具足開きの十一日であった。具足開きとは、甲冑に供える正月飾りの鏡餅を下ろしてから割り、雑煮にして食べる風習である。

聞いたせきは、

「ご先祖の武勲を讃える具足開きの日を選ばれるとは、さすが、御大名のなさりよう――。これで隠居された摂津守様も心安らかになられ、八千代太夫も浮かばれましょう」

しみじみと言った。

一方源左衛門は、

――あの時の声はまこと、八千代太夫のものだった。園田先生には祈禱師の才まであるのかもしれぬが――

しかし、今度ばかりはぞっと背筋が凍るばかりで、羨ましくなどなかった。

三話　ご禁制猫

一

南町奉行所同心和木万太郎の家を叔父の丑之助《うしのすけ》が訪れたのは、武家では具足開きといわれる鏡開きが終わった、翌々日のことであった。和木が奉行所での勤めを終えて家に帰ってみると、この叔父が訪れていて、美登利のこしらえた汁粉を美味《うま》そうに食べていた。

「先ほど結構なお品をいただきました」

美登利が和木に告げた。

「まあ、たいして変わり映えはせぬが」

丑之助は苦笑した。

丑之助は和木の亡き父の末弟である。同心の家の三男に生まれたが、商家の跡取り娘に見初《みそ》められ、武士の身分を捨てて、婿に迎えられた。海産物問屋松代屋《まつしろや》の主におさまっている。父が生きている頃から年賀の挨拶に来るのは、松が取れてだいぶ経つこの時期と決まっていた。商家の主の年頭は忙しいし、何といっても丑之助は婿養子で、その身は辛いのであった。四十の坂にかかっても変わらぬもののようである。

「いただきものですが、羊羹《ようかん》もございます。召し上がりませんか」

美登利が気を利かせた。下戸《げこ》の丑之助は無類の甘党で、商いのつきあいで飲む酒もまた辛いのだと知っていたからである。

「それはいい」

丑之助はうれしそうに笑みを浮かべた。

「それではお茶も淹れ替えてまいりましょう」

美登利が厨へといなくなると、丑之助はほっとため息をついて、声を低め、

「今日は年賀のついでに話があって来た」

困惑気味な顔になった。

「新年早々、いったい何ですか」

やれやれと和木は覚悟した。若い頃、小町娘と噂された叔父の連れ合いおうたは、お節介を絵に描いたような世話好きでもあった。

「うたがまた、世話をしたいと言っている」

「有り難いことですが、これには本人の思いもありますからね」

和木は厨の方向を目で追った。おうたは丑之助を通じて、美登利に何度も縁談を勧めてきている。たしかに、今年二十の美登利はとっくに嫁入りしていてよい年頃である。

「まあ、美登利のこともあるが、今日はそのことではない」

――美登利のことではない？――

和木がいぶかしんでいると、

「美登利はいつも断ってくるが、その時の言い草は決まっている」

丑之助はまじまじと和木の顔を見た。

――悪い予感がする――

思わずたじろぐと、間髪を容《い》れず、

「〝わたしが嫁に行ったら、兄の世話をする者がいない〟と言って美登利は断り続けている」

「そうでしたか――」

「惚けては困る、おまえも知っているはずだ」

丑之助は柔和な目に力をこめた。

「そうでしたね」

「とすると、おまえの方を先にすれば、美登利は安心して嫁に行けるだろうと、うたは言っている」

「なるほど」

相づちは打ったものの、

——今度は俺か——

いささかうんざりしていると、

「実は、うたには、おまえに会わせたい相手がいるというのだ」

こうなるともう言葉が出なかった。

——もう動きだしていたのか。いかにもあの叔母上らしい。言い出したらきかぬところがあるお人だからなあ——

「うたは上の孫を手習いに通わせている。そこの女師匠の評判がたいそういい。おまえにどうかというのだよ」

「まさか、相手にもう話してしまっているのではないでしょうね」

和木はあわてた。相手が諒解などしていたら、見合いということになってしまう。

「いや、それはまだだが」

――よかった――

和木はほっと胸を撫で下ろした。

「まずは天神講《てんじんこう》で相手に会わせるつもりだ」

天神講とは、学問の神様菅原道真《すがわらのみちざね》にちなんだ寺子屋の正月行事であった。道真公の絵の前に餅や菓子を供えて、学問の上達を祈るほかに、父兄たちに参観を奨励して、道真公の経歴や功績を話したりする。入山といわれる寺子屋への入塾は、二月の初午《はつうま》の頃と決まっていたから、天神講は寺子募集も兼ねていた。

「あさって、二十五日の天神講には是非行ってもらいたい」

丑之助は有無を言わせぬ口調になっている。

「ですが、その日もお役目が――」

何とか断る言葉を探していると、

「大事なことだ。お役目の途中で立ち寄ればよいではないか」

たしかに定町廻りという仕事は、江戸市中の見回りであり、奉行所に籠もってばかりいるわけではなかった。

「そうは言っても――」

和木の声は小さくなった。

「なに、案じることはない。会えばきっと気に入る。気に入らずば、話はなかったことにしてもいいとうたは太鼓判を押している」

「そうですか」

和木は渋々、天神講が行われるという按針町《あんじんちょう》へ足を運ぶ約束をした。

「そうか、それはよかった。うたも喜ぶ。これで俺も大手を振って家へ帰れる」

丑之助はほっと息をついて、美登利が運んできた羊羹の大きな切れを口に運び、茶を啜って帰っていった。

丑之助を見送り戻ってきた和木に、

「兄上、新年早々、大変なことになりましたね」

美登利がくすっと笑った。

「何だ、聞いていたのか」

「ええ。ついつい立ち聞きしてしまいました」

「そうか――」

「どうなさるおつもりです?」

「天神講には行かずばなるまい」

「ということは、なおさんのご講義を聴くことになるのですね」

「なおさん？　叔父上たちが見込んでいる女師匠か？」

「ええ。教え方もお上手だけれど綺麗な方だと、それはそれは評判の方ですよ」

「おまえは地獄耳だな」

和木は感心した。

「だってわたし、密かになおさんに憬《あこが》れていますもの――」

和木は、妹の縁組みに気乗りしていないものの、

――女師匠といえばたぶん年増だろう。嫁にも行かず、年増で働いている女に憬れては困るな――

と苦く思い、

「どこをどう憬れているんだ？」

訊きたくなった。

「何より綺麗なこと」

――それはそうだろうな――

「なおさん、ほとんどお化粧をしていないんだそうですよ。わたし一度、町でお見かけしたことがあるんです。たしかに薄化粧でした」

——それはよいことだ——

和木はたとえ美女でも厚塗りは苦手である。

「だから、清楚で上品で、お女郎よりよほど綺麗だなんて言って、なおさん目当てに寺子屋へ日参する人も出てきているそうです」

——よろしくない。それではまるで茶屋ではないか。寺子屋は子供が学問をするところだ——

「それから寺子屋で師匠ができること」

美登利は先を続けた。

「つまり、おまえが憬れるのは、見目形《みめかたち》のいい上に学がある、頭がいい女というわけだな」

「ええ」

大きくうなずいた美登利は、

「ここまで非の打ち所がなければ、嫁に行かずとも、親戚やご近所にとやかく言われることもないでしょうから」

「しかし、おまえがそこまで嫁ぐのを嫌がっていたとはな——」

——これはかなり深刻だ。美登利をいかず後家などにしてしまったら、死んだ両親に申しわけが立たない――

和木はさらに、

――これというのも、兄であるこの俺の導き方が悪かったせいだろうか――

などとも思った。

だが、

「わたし、何も嫁ぐのが嫌だと言っているのではないのです」

美登利は和木の頭が混乱するようなことを言いだした。

「では嫁げ。叔父上たちの話に耳を傾けるのだ」

和木は大声をあげた。

すると、美登利はくすくす笑いだして、

「兄上は相変わらず、女心に疎《うと》いのですねえ」

さすがにむっとした和木は、

「どう疎いのだ？」

「婚礼は女の夢なのですよ」

美登利はうっとりと言った。

――だったら、さっさと縁組みを決めて、祝言を挙げてくれ――

と和木は思ったが、

「ただし、相手を好きにもならずに、花嫁衣装を着ても、婚礼は夢にはならないのです。つまらなくて、悲しくて、辛い。それが女というものですよ」

美登利は子供でも諭すように言った。

二

叔父の丑之助は塩引きとわかめを置いていった。

「これでしばらく鮭とぬたが楽しめますね」

鮭の塩焼きとわかめのぬたは和木の好物であった。美登利も嫌いではない。

「父上、母上にもさしあげましょう」

美登利は仏壇に供えた。

「はて、母上はともかく、父上は塩引きが好きだったかな」

思いもかけぬ妹の心のうちを知ったこともあって、和木は久々に亡き両親をなつかしむ心持ちになっていた。

「父上、お酒の後のお茶漬けでは召し上がっていましたよ」

「父上は丑之助叔父とちがって酒が好きだった」

「兄上と同じですね」

「しばしば臭いの強い魚が膳にあったな」

「わたしも覚えています。あれはくさやという干物の一種ですよ」

「くさや？」

「何でも八丈などの島で作られるものなのだそうです。父上がすっかり気に入ってしまって、叔父上のところまで足を運んで買ってくるのを、母上が顔をしかめて焼いていました」

「それならば、叔父上は塩引きではなく、くさやを手土産にしてくれてもよかったものを――」

「それは――」

口籠もった美登利は、

「いつだったか、叔父上が父上の供養にと、立ち寄られたことがありました。その時、叔父上はくさやの話をされて、父上の好物だったから、手に入った時は仏壇に供えてはどうかとおっしゃったのです。でも、わたし、〝くさやだけはよして〟と断ってしまいました」

「父上の好物をか？」

和木は面白くない気持になった。

「俺に相談なしでよく断れたものだ」

珍しく怒りを露わにして強い口調になった兄の様子に、顔色を変えた美登利は、

「父上には好物でも、母上は閉口しておいででした。わたし、咄嗟《とっさ》に母上の気持を察したのです。父上、母上は仲のいい夫婦でしたから、二人がともに好きだったものを
と叔父上にお願いしたのです」

「それで塩引きとわかめということなのだな」

「そうです」

「ふーん」

「ですから、わたし、兄上に相談しないで断ったのは悪いと反省していますが、くさやを塩引きやわかめに替えたのは、悪いとは思っておりません」

「そうか」

和木は憮然とした顔になった。

――美登利の言うことはもっともなようで、何かがおかしい。欠けている――

すると、突然、

「兄上、ごめんなさい」

目に涙を溜めた美登利が頭を畳に擦りつけた。

「この通りです。ごめんなさい。兄上をないがしろにした上、生意気なことを言ってしまって――。ほんとうにごめんなさい」

「いや、いいんだ」

和木はもう怒っていなかった。

――美登利に欠けているものがやっとわかった。亡き父上への思いだ。思いというよりも理解というべきかもしれぬ。美登利は母上への理解はあるが、父上については無いに等しい。これが俺の腹立ちの原因なのだ。父上の供養は俺でなければできぬもののようだ――

「用を思い出した。ちょっと出てくる」

そう言って和木は家を出た。

すでに夕刻近くである。陽はまだ暮れていないが光は弱くもう暖かくない。和木の足は叔父の松代屋に向かっていた。歩いているうちに急に陽が翳って、ずーんと冷気が押し寄せてきた。

――しまった、羽織を重ねてこなかった――

和木はそう感じたとたん、大きなくしゃみを一つ、二つした。これでは松代屋でくさやをもとめたとしても、菩提寺に寄って供える前に風邪を引きかねない。

するとこうから人が歩いてきた。顔に見覚えがあった。

「並木《なみき》宗右衛門《そうえもん》殿」

和木は駆け寄った。並木宗右衛門は和木の先輩格の同心である。長く定町廻りを務めた後、今は臨時廻りに転じている。

「新年にお訪ねしたがおいでにならず、失礼しておりました」

和木は改めて宗右衛門に年賀の挨拶をした。同様に挨拶を返した宗右衛門は、

「実は年末より、伊豆の湯治場《とうじば》へ行っておりまして」

にこにこと笑った。

「湯治場、それはまた豪勢な――」

「いやいや、とんでもない。湯治は行きがかりですよ。知り合いが伊豆の温泉の近くに住んでいて、そこへ呼ばれただけのことです。蔵の文書の整理をしてくれないかということで――。どうせ、江戸にいても独りの正月ですから、それではと引き受けたのです。なに、こちらの方も臨時雇いですよ」

宗右衛門は定町廻りであった時から、調べ書といわれる吟味資料の整理に長《た》けていた。地味で緻密な読み書きの仕事に適しているのである。

――これはたしかに並木殿にうってつけの仕事だ――

「それで何か面白いものはありましたか」

和木も一時、上司の中島嘉良から調べ書の整理を言いつけられたことがあった。閑職の典型のように見なされている調べ書の整理が、現在の事件に大きく関わる場合もあるのだ。

「流人《るにん》や御船手《おふなて》奉行のことを書いたものがありました。なかなか興味深かったですよ」

宗右衛門は目を輝かせた。

「それはよかったですね」

相づちを打った和木に、

「ところで今からどこへお出かけです？」

羽織を重ねた上、襟巻きで首を被《おお》って保温している宗右衛門は、羽織も着ていない和木の姿をじっと見つめた。

「くさやをもとめに行く途中でした」

「ほう、あなたもですか」

「すると並木殿も――」

「はい」

答えた宗右衛門は包みを手にしていた。そういえば、会った時から独特の臭気が漂っていた。

「くさやをもとめてどうされます？」

宗右衛門の問い掛けに、和木が父の墓前に供えるつもりだったと答えると、

「どの店でもくさやは売り切れで、おそらくこれが最後の一つでしょう」

「そうでしたか」

和木ががっかりすると、

「供養は墓前に供えずともできるのではありませんか。どうです？　このくさやを肴にわが家で一献傾けませんか」

宗右衛門が誘ってくれた。

「たしかに故人が好物だったものを食べるのも、いい供養になりますね。お言葉に甘えさせていただきます」

和木は宗右衛門と肩を並べて、来た道を戻りはじめた。

宗右衛門の家は和木の家からそう遠くない。八丁堀の同心たちが住まう家々の一角にあった。庭いじりが好きな宗右衛門は秋は菊で庭を埋め尽くし、冬には水仙や福寿

草を楽しんでいた。手入れの行き届いた庭であった。

早速、宗右衛門は庭に七輪を持ち出して焼き網を掛け、くさやを焼きはじめた。すぐに紫色の油煙が立ち上って、ほどなくじゅうじゅうと脂のはねる音が続いた。

「くさやとは魚の名ではなく、魚の汁に漬けた干物のことだそうですね」

居間の襖は開け放たれていて、和木は酒に燗《かん》をつけるため、火鉢に火をおこそうとしていた。

「その魚の汁というのが、このようにきつく、たまらないほど臭うのでしょうな」

と言いながらも、宗右衛門はうれしそうである。

「お好きなのですね、くさやが」

和木は念を押した。和木自身はふるいつきたくなるほど好きなという臭いではなかったが、園田孝陽がほとんど常食している獣肉、薬食いよりは、ずいぶんとましではないかと感じていた。何より、くさやの臭いは亡き父の思い出でもあった。

そんな和木の胸中を察したかのように、

「わたしもくさやは嫌いではありません。ですが、その理由はくさやを好きな男がいて、幼馴染みだったからなのですよ」

「とすると、あなたも――」

「ええ、正月になるとなぜか思い出しましてね、供養したい心持ちになるのですが、あいにく、あなたのお父上のように墓に葬られているわけではないので、こうして、くさやをともに食べることにしているのです」

宗右衛門は焼けてきたくさやを返した箸の手を止めて、故人を偲ぶかのように瞑目した。

三

「お知り合いはどういうご事情で亡くなられたのですか？」

和木は訊ねた。

「寺子屋へ一緒に通った幼馴染みは水主《かこ》同心でした」

「御船手奉行の配下ですね」

御船手奉行は将軍の御座船を指揮して行事を取り仕切るほかに、町奉行から回されてくる罪人を遠島送りにする役目もあった。

「幼馴染みは名を有村鉄太郎《ありむらてつたろう》といい、罪人たちを島まで送り届けるのが役目でした」

「流人船に乗っていたのですか」

流人船は伊豆七島を春、夏、秋と年三回巡回する五百石積の交易船に便乗していた。流人を監視するための水主同心は二名である。

「辛いお役目ですね」

「一緒に船に乗るのは罪人たちです。その上、海が荒れていつ船が沈むかわからない。命がけの仕事なのに手当は薄い」

「御船手組では〝遠島送りのお役にだけはつきたくない〟、皆、そう思っていると洩れ聞いたことがあります」

「ところが、有村は自分から進んでこの役につきました」

「頭が下がります」

「有村は幼い頃からそういう男でした。学問が三度の飯よりも好きだと言いつつ、それでも、人には好きなことを全うするよりも、大事なことがある、それは人の役に立つこと、それも弱い立場の人を助けることだと言っていました。それで、常に人の嫌がることを引き受けていたのだと思います。自分から遠島送りのお役になったのも、きっと、その信念ゆえでしょうね。流人船の中でも罪人たちのめんどうもよくみていたと、赦免《しゃめん》になって戻ってきた者に聞いたことがあります。二ヶ月、三ヶ月と船旅は長く、きっと罪人たちは有村と心を通わせ合ったのでしょう。温かい心と立派な志を持ったよき友人でした。だから、帰ってこなかった時は、神も仏もないと思いました。口惜しくてならなかった――」

　そこで宗右衛門は焼けたくさやを皿に移して、和木に手渡し、

「煙が目に沁《し》みますね」

　うっすらと目に涙を溜めていて、

「世の中は死んだ方がいい者が生きていて、死んではいけない者が死んでしまう」

とも言った。

「家族はいなかったのですか？」

「おりました。妻とまだ幼い娘御が一人」

「その人たちはどうなりましたか？」

「それが――」

　宗右衛門は切なくてならないといった表情で、

「長く労咳《ろうがい》を患っていた有村の妻は、有村が帰ってこなくなってほどなく亡くなりました。娘御の方はどこへともなく姿を消してしまいました。実をいうとわたしと亡くなった妻には子がなく、有村の忘れ形見である娘御を、わが子として育ててもいいと思っていたのです。ですが、葬儀の後、有村の家まで迎えに行った時はもう遅く、娘御の姿はありませんでした」

「親戚は探されたのでしょうね」

親を亡くした幼い子供が親戚をたらい回しにされて、辛い目に遭うというのはよく耳にする話であった。

「もちろんですよ。必死に探し回りました。足など向けたことのない吉原や岡場所などの色街にも行ってみました。器量よしの子供でしたので、いずれは稼がせるつもりで、女衒《ぜげん》にでもさらわれ、売り飛ばされているのかもしれないと思ったからです」

「でも、見つからなかったのですね」

「ですから、こうして有村を思い出す時、必ず、その娘御のことを思うのです。生きていればもう三十近いはず。人の子の親になっているかもしれません。わたしももうこの年、いつ、妻や有村のところへ行ってもおかしくありません。けれども、このままでは、あの世で有村に会っても、娘御がどうしているかという話をしてやれません。それが心残りでならないのですよ」

ふーっと無念のため息をついた。

和木は、

「あなたが心残りなのは、娘さんのことだけではないでしょう」

「はて、見通されましたか」

宗右衛門は苦く笑った。

「先ほど並木殿は、御船手奉行や流人についての文書を、ご覧になったとおっしゃいましたから――。伊豆へは呼ばれたのではなく、望んで行かれたのですね」

和木が念を押すと、大きくうなずいた宗右衛門は、

「今更と思われるかもしれません。けれども、わたしは、有村の忘れ形見の娘御が生きていると信じています。そして、いずれ、この世で会うことができるとも――。そうなった時、娘御は必ず、突然、帰ってこなくなった父親について、なぜ、死ななければならなかったのかと問いかけてくるはずです。親友だったわたしは、それに答える義務があると思っているのです」

と言った。

そして和木が、

「何か手がかりは見つかりましたか？」

と訊くと、

「残念ながら」

と言い、しばらくして、

「八丈は遠すぎますよ」

ぽつりと呟いた。

宗右衛門の家で腹におさめたくさやは美味ではあったが、付いた臭いが長く残った。帰宅した和木に、

「まあ、嫌だ。兄上、どこでくさやを召し上がってきたのですか」

美登利は袖で顔を半分覆《おお》った。

「何、くさやが臭いだと？」

かなり酔いが回っている和木は目を怒らせて、

「父上の好まれた臭いぞ。それにくさやには人それぞれの思いがあるのだ」

と言ったが、泣いて謝ったはずの美登利は、もう、けろりとしていて、

「それはそうですが、母上はいつも、くさやを食べて酔っぱらった時の父上から、着物を脱がすのが大仕事でした。父上は〝好きな臭いだから脱がぬ〟などとおっしゃって。それでも母上は、酔い潰れる前にやっとの思いで脱がすと、〝よりによって、新しい袴をおろした日にくさやとは――〟などとおっしゃりながら、鼻をつまみ、ため息をついて竿に干しておられましたよ」

軽く兄を睨んだ。

「くさやの時の父上は今の兄上と同じです。さあ、兄上も小袖と袴をお脱ぎになって

ください。どちらもわたしが新年だからと思いをこめて、兄上のために縫ったものですよ。今のところ一張羅です。くさやまみれではたまりません。さあさあ、脱いで、脱いで」

和木をせき立てると、

「それに天神講はあさってではありませんか。いくら一張羅でも、くさやなどの臭いを染み付けて出かけたら、大変です。孫が学ぶ様子を見に来る叔父上、叔母上に恥を掻かせてしまいますし、何より、なおさんに嫌われてしまいますよ」

と言って、和木の脱いだ小袖と袴を抱えると、裏庭にある物干し場へと歩いていった。

和木の叔父夫婦の孫が通う天通塾《てんつうじゅく》は按針町にあった。

この日の朝、和木が奉行所へ向かおうとして木戸門を開けた時、走って息を切らした松代屋の丁稚が辿り着いた。

「お内儀さんがこれを」

差し出された文には、必ず天神講に来るようにと書かれていたが、それだけではなく、

「どうやら、女師匠は奉行所に相談事があるようだ」

和木を見送りに来た美登利に洩らした。文を渡されて読んだ美登利は、

「何かしら？」

と気がかりな様子で、

「叔母上の文には、近頃、なおさんには大きな心配事があると書かれているわね」

「気になるのは、まだ、番屋に届けていないという泥棒のことだな」

「ほんと、怖いわ」

「師匠は独り住まいか？」

「ええ、天通塾に近い、いろ波《は》長屋に。なおさんが素敵なので、ちょっかいを出す男の人たちがいるのかしら。だとすると泥棒ではなくて覗きね――」

美登利は案じる顔になって、

「兄上、なおさん、可哀想。助けてさしあげて」

知らずと和木に手を合わせていた。

――顔を見かけただけの相手にここまでの思い入れとは――。妹ながら若い娘の気持はますますわからなくなった――

和木はいささか複雑な気持で、

「訊いてみよう」

と言って家を出た。

和木が天通塾の戸口を開けたのは、昼少し前の頃であった。驚いたことに戸口の前には足の踏み場もないほど、老若男女取り混ぜて草履や下駄が並んでいる。よく見ると子供の履く小さな物の数よりも、大人物の方が多い。それらの質の善し悪しはさまざまで、貧富を超えて、親の子供にかける期待の大きさが見てとれた。

雪駄《せった》を脱いだ和木は、戸口を飛び越えるようにして中に入った。廊下は並んで学習の様子を見ている父兄たちで鮨詰めであった。冬だというのに熱気が満ちていた。

りんと澄んだ声が聞こえている。天神様、菅原道真公についての話だとすぐわかった。

──それにしても美しい、よい声だ──

思わずうっとりとしかけた和木だったが、はっと気がついて、まずは丑之助夫婦を探さなければならない──。

最前列のすぐ後ろで、伸び上がるようにしているおうたの姿があった。丑之助は大男だがおうたはかなりの小柄である。おうたは精一杯つま先立っている。ぴょんぴょんと跳ねているように見える。見かねた丑之助が妻を抱きかかえた。

──驚いたな──

和木は呆れて周囲の目を気にしたが、同じようなことをしている人たちはほかにもいた。

おうたはよしよしと夫にうなずきながら、満足げに孫の丑松《うしまつ》に見入っているようであった。和木が丑松に会ったのはもう何年も前のことである。

――丑松も大きくなったことだろう。相変わらず、叔母上に似ているだろうか――

丑松のくりくりしたつぶらな目が、小町娘だった祖母おうたにそっくりだったことを思い出し、とにかく丑松の成長が見たくて和木は伸びをした。和木の背はそう低い方ではない。軽く伸びをすると二十畳ほどの学びの間が見えた。

四

女師匠のなおが話をしている。

「藤原氏の讒言《ざんげん》で都を追われ、太宰府《だざいふ》に流された道真公は、学問に秀でた立派なお人柄の方でした。それで子供たちを導く学問の神様になられたのです。今日は天神講の二十五日。皆さん、道真公をお祀りし、学問の上達をお祈りいたしましょうね」

うっとりするほど美しい声の持ち主は、和木が危うくあっと声をあげかけたほどきりっとした美女であった。

——こういう女に俺は弱い——

幼馴染みで商家に嫁いだ幸恵《ゆきえ》の面影が、なおに重なった。

——化粧が薄いのも好みだ——

仕事柄か、なおの白く整った顔はほとんど化粧をしていないように見える。

——死んだ母上にもどことなく似ている——

「あら、先生」

突然、前にいたおうたが振り向いて声をあげた。人好きのおうたは一度見た顔は決して忘れない。通りを歩いているだけで、次々に見知った顔が現れてきて、

「あらあ、お久しぶり」

無邪気に話しかけるのが常だった。

しかし、振り向いたおうたの顔は、年にしては大きすぎる丸髷や派手な簪同様、べったりと白塗りで暑苦しかった。

——惚れ切っている叔父上には悪いが、俺はこの手の女は苦手だな——

和木が心の中で苦笑していると、

「先生、ごきげんよう」

おうたはとうとう手を振った。こちらを見ている。だが、和木にはまだ気がついて

いない。なぜなら和木は〝先生〟ではない。

だとすると――。和木は不吉な予感がして後ろを振り返った。

「先生、園田先生」

おうたの声が幾分黄色くなった。

和木も首を回して後ろを見た。

蘭方医園田孝陽が薬籠を手にして、すぐ目の前に立っていた。

「暮れにはご無理をお願いしました」

あわてて和木は礼を言ったが、孝陽はふむと言ったきりであった。

「おぬしがこんなところに現れるとは意外だ。お知り合いのお子でもここに通っているのか」

園田孝陽が意外にも子供好きであることは、林源左衛門に聞いて和木も知っていた。

「馬鹿な」

孝陽は笑い飛ばすと、

「このところ、近くの線香屋の隠居が足を傷めて、往診に通っている。そこへ行く途中にあるのがここだ。ここには、えらく別嬪《べっぴん》の女師匠がいて、昼間から男たちがうろうろして、隙あらば中を覗くのだという噂が聞こえてきた。これを見逃す手はないと、天神講とやらにかこつけて、天女を拝みに来たというわけだ」

と言った。

長身の孝陽の背は和木の頭一つ分高く、つま先立たずとも中が見えているはずである。

「聞きしにまさる美形ではあるな」

孝陽は洩らした。

――この男も目的はなお殿か――

和木は知らずと、もう心の中で、言葉一つ交わしたことのない相手を〝なお殿〟と親しく呼んでいた。

――なお殿、よい名だ――

久々に和木は、心にぽっと暖かな灯が点ったような気がした。

だから、孝陽が、

「師匠の名はなおか。色気のない名だな」

と洩らすとむっとして横を向いた。

道真公の話が終わると、天神講は会食に移った。女親たちの出番である。丑之助がおうたを下に下ろすと、おうたは袖の中から襷《たすき》を取り出して掛け、そそくさと廊下の突き当たりの部屋へと走った。おうたの後を何人かの女たちが、やはり襷を掛けてついていく。

――孫のことだというのに叔母上は熱心なことだ。相変わらず、人の上に立つのがお好きなのだろう――

和木は半《なか》ば呆れた。

一方、なおは、

「さあ、皆さん、お楽しみの時が来ましたよ。心ゆくまで楽しんでください。ただし、これらは皆さんの親御さんたちからの格別のおはからいです。くれぐれもそれを忘れないように――」

すると、奥の部屋から出てきたおうたが、女親たちを指揮して廊下を歩きはじめた。鈴なりになって参観している親たちが、あわてて間を開ける。おうたも女親たちも大きな盆を手にしている。盆にはみかんや、饅頭《まんじゅう》、きんつば、豆餅、せんべい、飴などが山盛りだった。どれも親たちが持ち寄ったおやつであった。

「美味しいよ、甘いよ」

満面笑みのおうたは歌うように言って、みかんを子供たちの机の上に配って歩いていた。

おうたの後ろに続いていた女親たちは、

「作りたての饅頭よ」

「ほっぺが落ちるきんつばだよ」

「喉が痛い子はいないかい？　ハッカ飴もあるんだよ」

などと言っておうたに倣《なら》った。

みかんを配っていたおうたは最後になおの前に立った。

「どうです？　先生もお一つ。みかんを食べると風邪に罹《かか》らないと申しますし――」

勧められたなおは、

「そうでしたね。それでは一つ、いただきましょうか」

みかんを受け取ろうと右手を差し出しかけて、ああっと呻《うめ》いて畳の上に崩れ落ちた。

「先生」

すぐにおうたは駆け寄ってなおを抱き起こしたが、額に手を当て手を握ると、

「熱があるわ」

大声をあげ、

「先生、園田先生」

よく通るが、女にしては太い声で廊下の孝陽を呼んだ。

「なおさんが具合を悪くしています。大変です。早く診てください。お願いします」

「この方は医者だ。とにかく、中へ通してやってくれ」

と和木は周囲に呼びかけた。

人垣を抜けて孝陽は中に入り、和木も続いた。倒れているなおを診た孝陽は、まず額に手を当てた後、脈を診て、

「鼻や咳は出るか」

と訊いた。なおが首を横に振ると、

「めまいがして胸も苦しいだろう」

これには首を縦に振った。

「なかなか寝つけないとか、眠りが浅いとか、心にかかることがあるのではないか」

「はい、このところ――」

なおは青ざめた顔も美しかった。

「実をいうと先ほどからそなたの様子が気になっていた。遠くから見ていても、具合が悪いとわかった――」

孝陽は言い切った。

——ほんとうなのか？——

和木には孝陽が、いいところを見せようとしているとしか思えない。

「身体は何とか持ちこたえていたが、声が震えていた。力がなかった」

——ということは、今日、思いついて来たのではなく、しばしば覗きに来ていたということではないか——

和木は気が気ではなくなった。このままでは、なおは自分ではなく、孝陽の方に強い印象を持つことになる。

「そうでした」

なおはうなずいて、

「今日は大事な天神講だというのに、眠れぬ夜が続いていました。さすがお医者様ですね」

なおは感心したように言った。

「そうですよ。園田先生は三国一の蘭方医なのです。わたしなど、足の頑固ないぼで悩んでおりましたが、先生のいぼを取る腕といったら、それはそれは素晴らしくて、いぼを根こそぎ取ってもらいました。以来、すっかり、先生を崇拝しているんです」

おうたは精一杯園田を褒めたつもりのようだったが、いぼ取り専門の医者のように言われた園田は嫌な顔をした。

しかし、気がつかないおうたは、

「それで、これからなおさんはどうしたらよろしいんでしょう」

と訊いた。

「めまいは疲れによるものだろうから、大事にはならないだろう。疲れが取れれば自然と熱も下がる。だから、まずは疲れを取ることだ。幸い、心地よく眠れる薬を持ち合わせている。置いていくから飲むように」

渋い顔のまま答えた孝陽は、薬籠から薬の包みを出した。

「まあ、先生、ここへお寄りになっていてほんとによかった。ありがとうございました、ほんとうに」

べたべたと続くおうたの世辞から逃げるように、

「これからまだ立ち寄る先がある」

和木に挨拶もせずにその場から消えた。

この後、おうたは、

「これで邪魔者はいなくなったわね」

と和木の耳元で囁いて、片目をつぶり、さらに、

「気に入ったでしょう？　しっかりやるのよ」

呟いて、そうだったと膝を打つと、

「なおさん、ここにいるのが和木万太郎。同心をしている甥です。真面目一方の面白くないお役人だけれど、頼りにはなりますよ」

聞いていた和木は、

──面白くないは余計だろう──

内心むっとしたが、おうたは、

「万太郎さん、わたしは奥の部屋を片付けてきますから、そこでなおさんの話を聞いてあげてくださいね。なおさんの疲れや眠れないのは、理由あってのことなのですから。ねえ、なおさん」

さらさらと言ってのけ、なおに同意をもとめた。

五

なおは薬を飲んで、ひとまず、奥で横になったらどうかというおうたの勧めを、

「いいえ、それは天神講が終わってからでないと──」

と言い、気丈に立ち上がると、子供たちが残った菓子を袋に詰めて持ち帰るのを手伝い、最後の一人まで見送った。

そして、おうた、丑之助が孫の丑松を連れて帰ってしまい、和木と二人になったところで、

「身体の方はもう大丈夫です。お話をする前に見ていただくものがございます。住んでいるいろ波長屋へおいでいただけませんか」

と言った。

「わかりました」

和木は天通塾を出るとなおと並んで歩きはじめた。

今にも息が詰まるような気がした。このような感情は、今は商家のお内儀におさまっている初恋の相手、幸恵と大川の土手に桜を見に行って以来のことだった。とりあえず、何か話さなくてはいけないと思った。

「あなたは上方《かみがた》のご出身ですか」

なおのたおやかな言葉には、わずかながら上方の訛《なま》りがあった。

「長く京におりました」

「なるほど、それで」

「でも、生まれたのは江戸だと聞かされております」

「ご一家で上方へ移られたのですね」

「いいえ」

なおの顔が曇った。

「実はわたくし、幼い頃、迷子になり、京から江戸へ商いに来ていた養父に助けられ、ここまで育ててもらったのです。兄がいましたが、娘は一人でしたので、それはそれは可愛がられて――、学問をしたいという我が儘まで聞いてくれて――。その養父が亡くなる前、わたくしが迷子になっていた時のことを、はじめてくわしく話してくれました。わたくしが可愛くてならない養父母は、話せば必ず、実の両親や江戸をなつかしむ気持を持つだろうと思って、それまで黙っていたのだそうですが、聞けば、やはり、もっと早くに知りたかったと、いくらか養父母を恨みました」

うなずいた和木は、

「血は水よりも濃いと言いますからね」

もっともなことだと思った。

「わたくしは浄福寺の境内で泣いていたのだそうです。浄福寺は寂しい場所にあり、たまたまそこを通りかかった養父は、物心つくかつかないかの子供を、そのまま、置いていくのが気がかりで、連れ帰ったのだということでした。成長するにつれてわたくしは読み書きが好きになり、女だてらに学問をしたいと言いだし、商家の女に学問はいらないと、しばらくは養父から叱られてばかりいました。そのうち養父は根負けしたのか、江戸へ出たついでに、浄福寺へ寄って住職に、わたくしを拾った日のことを訊いたのです。わたくしの生まれを知りたかったのだそうです。養父は、この日には、水主同心有村鉄太郎の妻の葬儀があり、後日、幼い子がいなくなったと、定町廻りの同心が探しに来ていたことを住職から聞きました」

――有村鉄太郎といえば、並木殿の――

聞いた和木はあっと声をあげそうになった。

なおの話は続いた。

「また、住職は伊豆の海から帰らぬ人となってしまった水主同心有村鉄太郎が、稀にみる学問好きであったことも養父に洩らしました。学問で身を立てようとしなかったのは、尊い理由があったことも。これらの事実を聞いて養父は、わたくしが学問をするのを許すことに決めたのです」

――この人が並木殿が探していた娘御であったとは――

和木はさっきまでの浮ついた気分がすっと抜け落ちるのを感じた。

「となると、あなたが江戸に出てきた理由は?」

「養母や兄は猛反対しましたから、家出同然に京を出ました。江戸で実父有村鉄太郎について知るためです。養父に聞いて夢ばかり見るようになりました。有村鉄太郎について知らなければ、わたくしは自分が半分しか、生きていないような気がしてならないのです」

「学問好きのお父上の血を継いでおられるとなれば、たしかにそう思われるでしょうね」

和木はなおの気持がよくわかった。同心だった父に寄せる、自分の思いに通じるものがある。

——女だから、男とは何もかも違う、わからないというものではないのだな——

つくづくと思った。

「それでお父上について何かわかったことがありましたか?」

「いいえ」

なおは残念そうに首を横に振った。

「和木様の叔母上様をはじめとして、他のお顔の広そうな方々に父の話をしてみてはいるのですが。手がかりはいっこうに。そのうちに妙なことが起きて——」

天通塾からいろ波長屋はそう長い道のりではなかった。二人は長屋の小さな表門を抜け、稲荷の前を通って、なおの家の前に来ていた。

にゃーお。

なおが長屋の油障子を開けると三毛猫が出迎えた。

にゃーお。

可愛らしく鳴いている。

なおは、

「帰ってきましたよ、すず」

と、いとおしそうに猫の名を呼んで、

「今、ごはんをあげますからね」

煮炊きする場所にあった鍋の蓋を取った。

「この猫は臭いの強い魚が好きなようですよ」

目を細めてすずが食べる様子を見ていたなおは、戸口に立ったままの和木に気がつくと、

「どうぞ、おあがりください」

中へ招き入れた。

そして、

「妙なこというのはこの猫のことなのです。ある日、家の外でこの猫が鳴いていて、こんなものが――」

なおは引き出しから折り畳んだ文を出してきて渡した。

文には、たった一言、〝開運猫につき〟とあった。

「これはいったい――」

首をかしげた和木に、

「それからこれも」

なおは袂を探って赤い紐を取り出した。短く細い紐には金色の鈴が付いていた。

「猫の首に付いていたものですね」

和木はもしやと思い、金色に輝く鈴を見つめた。振ってみる。りんと典雅な音がした。

「これは――」

和木は息を止めた。

「金だと思います」

なおは言い切った。金はご禁制で、許可なく持つことのできない品である。

なおはさらに、

「実はこれだけではなかったのです」

金の鈴を付けたすずのそばにあった、金塊の話をした。

「ちょうどこのぐらいの大きさでした」

なおは拳を固めて見せた。

「袱紗《ふくさ》に包んであったのですが、すずが噛んでしまって――」

見せられた侘び茶色の袱紗はぼろぼろに千切れかけている。

「泥棒がねらったのはその金塊ですね」

和木が言い当てると、

「猫が金塊と一緒に捨てられていた話は、どうしたものかと考えあぐねて、うた様に話を聞いてもらうと、和木様に相談するように言われました。そんな矢先、一昨日、天神講のための準備をしていて遅く帰ると、竈の後ろに隠したはずの金塊がなくなっていたのです。わたくし、もう、何が何だかわからなくなって――。金塊と猫が捨てられていた時は気味悪いだけでしたが、今はもう、恐ろしくて――」

なおは身体を震わせた。

「たしかに――」

なおが留守にしていたからよかったものの、そうでなかったら、金塊目当てに命を奪われていたかもしれないのである。

「猫と金塊を届けてきた相手に心当たりはありませんか？」

念のため和木は訊いた。

「あるわけありません」

「そうでしょうね」

うなずいた和木は手がかりにと袱紗を預からせてもらうことにした。それから、長屋の住人の一人に頼んで、松代屋に文を届けてもらうことにした。

「ほどなく、松代屋から迎えの者が来るはずです。すずと一緒にお行きなさい。当分、松代屋から天通塾へお通いなさることです。その方が身体にもいい。叔母はあなたのことが贔屓ですから、大喜びするはずですよ」

和木はそう言い残すと、なおの家を出て、並木宗右衛門のところへと向かった。

話を聞いた宗右衛門はすぐに目をしばたたかせて、

「そうか、娘御は今、寺子屋の師匠をしているのか。鉄太郎同様学問好きであったとはな。そして父鉄太郎のことを知りたがっている。わたしの思った通りであった
――」

感慨深く言い、

「しかし、ご禁制の金塊が届けられるとは、いったい何の因果であろうな」

和木から渡されたぼろ同然の袱紗を手にして、ふと鼻を近づけたとたん、

「まちがいない、これは亡霊の仕業だ」

鋭く目を光らせ、

「嗅いでみなさい。わずかだがこれにはくさやの臭いが染み付いている」

宗右衛門から取り返して鼻に当ててみると、その通りで、

――ああ、それで猫が好んで嚙んでいたのか――

と納得した。

「ということは、猫と金塊を届けたのはなおさんの父、有村鉄太郎を知っていて、なおさんが娘御だと知っている御仁ですね。きっとなおさんの父上に大恩のある人でしょう。ただし、水主同心だった有村殿に恩を感じている輩となると――」

「まあ、八丈に送られた咎人《とがにん》と考えるのが普通だが――」

宗右衛門は首をかしげて、

「赦免されて八丈から戻ってきた者は少ない。よしんば戻ってきても、高齢か、合わない島の気候や乏しい食事のため、身体が弱っていて短命だ。恩返しができるほど、

功なり名を遂げたなどという話は聞いたことがない。それに何より、恩返しが金塊だというのが気にかかる」

「何しろご禁制の品ですからね」

「袱紗に染みていた臭いはくさやだ。くさやは献上品で高価だが、そう誰もが食べるものではない」

「金塊と一緒に届けられた猫は、臭いの強い魚を好んで食べるのだそうです」

「おそらく、くさやも好きで食べ慣れていたのだろう。それで袱紗を嚙み千切った。これはもしかして――」

そこで二人は顔を見合わせた。

宗右衛門は、

「恩返しをしようとした者の正体が読めてきた。ご禁制の金塊を闇で売り続け、表の顔は海産物を扱っている。取り繕うためだけの小商いだ。しかし、くさやに執心しているとしたら、咎人ではあるまい。赦された咎人の多くは、島での惨めな思い出を、くさやの臭いとともに嫌う。くさやを好むのは先祖代々、くさやを食べてきた島の人間をおいてほかにいない」

うなずいた和木は、

「海産物問屋をしている叔父がおります。早速、当たってみることにします」

六

和木からこの話を聞いた丑之助は、

「そんなことを言っても、仲間を売るようなことはねえ——」

くさやを扱っている店の名をなかなか明かしたがらなかった。婿取りの女房にこそ頭は上がらないものの、芯は骨のある気性であった。

「叔父上、ご禁制品が関わっているとなれば、これは御定法を犯しています。教えてくださらなくては困ります」

和木は言い切った。

「明日までには調べておく」

渋々と承諾した丑之助だったが、その結果を聞くまでもない成り行きとなった。

日本橋南にある海産物屋〝うみや〟の番頭巳之助《みのすけ》が、大川辺で死体で見つかったのである。巳之助は握り拳の大きさの金塊を両手で、抱くように握りしめていた。

巳之助の兄で〝うみや〟の主卯吉《うきち》が番屋を訪れ、巳之助の遺体を確認して、弟にまちがいないと手を合わせた。

和木はこの事実を宗右衛門に伝えた。

「なお殿に猫と金塊を届けたのは、自分だったと卯吉は認めました」

「届けておいて、後で惜しくなり、弟を取り返しにやったということかな――」

「いや、そうではないそうです。知った弟の巳之助が勝手に取り返したようです」

「主人の卯吉は知らなかった？」

「ええ。卯吉と巳之助は、誰が見ても、喧嘩ばかりしている兄弟だという話です。賭け事と贅沢が好きで、暖簾を分けて店を持たせ、金の無心にばかり来る弟を、卯吉は毛虫のように嫌っていたそうです」

「なのになぜ、店に住まわせて番頭にしてやったのかな」

「兄弟には家族がいないのです。重い病を得ている卯吉が、店を継がせる肉親といえば巳之助しかいません。それに二人には秘密があって、兄弟の縁は何があっても切れないのです」

「金塊のことだな」

宗右衛門は鋭く言い当てた。

うなずいた和木は、

「卯吉は何もかも白状しました。二人は新島の年寄りの息子で、島の言い伝えに、平安の昔に海賊が埋めた金塊の話があり、ふとしたはずみにこの伝説を、水主同心だった有村鉄太郎殿に話したのだそうです」

　水主同心が咎人を送り届けるのは、新島、三宅島までで、その先は各島の年寄りといわれる、漁民の長が請け負うのである。自然と水主同心と年寄りは気心が知れる。卯吉、巳之助はまだ若かったが、早くに死んだ父親に代わって、一時、年寄り役を務めていたのだという。

「それで有村鉄太郎が宝探しに力を貸した──」

　うなずいた和木は、

「何でも金塊の在り処《か》を示した、不可解な地図が残っていて、有村殿はそれを解読することができたのだそうです」

「あの男ならできただろう。だが、どうして、その有村が帰ってこれなくなったのか？　二人に利用されて殺されたのか？」

「いや、そうではなく、蚊に刺され、急な病で亡くなったと卯吉は言っています」

「ほんとうだろうか？」

「卯吉の病は重く、殺されたのが巳之助だと認めさせるために番屋に呼んだ時も、戸板の上で横にならせて訊きました。長くは持ちそうにありません。卯吉に家族はなく、この場に際して、嘘を言うとは思えません」

「それもそうだな」

宗右衛門は納得した。

「ご禁制品を所持して売るのは悪いことですが、卯吉は巳之助とはちがいます。弟のようにあぶく銭に溺れて、身を持ち崩すことはなく、そこそこ店を繁盛《はんじょう》させてきています。そんな卯吉だからこそ、先が短いとわかった時に、どこからか、恩人有村鉄太郎殿の娘が近くにいると聞いて、せめてもの恩返しをしたくなったのだと思います。二十日ほど前の早朝、〝うみゃ〟の小女《こおんな》が、主の卯吉から頼まれて、主が可愛がっている飼い猫と、袱紗で包んだずっしりと重い何かを、いろ波長屋のなお殿の家の前まで届けたと言っています」

「猫とはいえ、可愛がっているものを不仲の弟に託したくなかったのだな」

宗右衛門はしみじみと言った後、

「そんな卯吉の気持も知らず、自堕落に欲だけで生きている巳之助は、ただただ惜しい気持だけで金塊を取り返そうとした。それを知った卯吉がはずみで殺したのか？

——」

うーんとうなった。

「和木殿の話では、相手を川辺に誘い出すほど、卯吉に力が残っているとは思えないし、殺して運んだとなるとますます考えられない」

「巳之助は心の臓を一突きでした。傷を見た林殿の話では、使われたのは匕首ではなく、もっと長い、脇差しではないかということでした」

「もとより物取りではないな」

「物取りが金塊を見逃すはずなどありませんからね」

「となると怨みだな」

うーむと宗右衛門は考え込んでしまった。

それから十日が流れた。呼ばれて和木が宗右衛門を訪れてみると、宗右衛門は昨日届いたという文を広げていた。

「伊豆の知り合いからのものだ」

「手がかりですね」

とは言ったものの、伊豆の旧家の蔵に眠っていた文書と、今回の出来事がどう関わるのか、和木には皆目見当がつかなかった。

「水主同心は一人ではない」

「二人のはずです」

「有村鉄太郎の他にもう一人いた。こう長く生きていると、御船手組にも知り合いがいる。有村と一緒だった相手の名がわかった。吉田《よしだ》十郎太《じゅうろうた》。有村とほぼ同じくらいの年だった」

「その吉田十郎太について調べていたのですね」

「吉田十郎太も有村と同様、江戸に戻っていない」

「そうでしたか」

和木もそこまでは知らなかった。

「吉田十郎太の身に何が起きたのか、真相を知り、場合によっては、恨みを晴らそうとする者がいてもおかしくない。いたとしたら、わたしのように手がかりを見つけようとするだろう」

「その者も並木殿同様、伊豆の文書のある家々を訪れていたのですね」

「それだけではない。御船手奉行所に残っている資料も調べていたそうだ。身内ならば、せめて、供養なりともしたいのだろう」

「吉田十郎太に墓が？」

姿を消した場所が場所だけに、とても墓などがあるとは思えなかった。

「伊豆半島の先端近くの漁村に祀られているそうだ。漁師たちは流れ着いてきた死体を〝ゑびす〟と呼んで、神として祀ることがある」

「その事実を吉田十郎太の身内は知って、確かめたのですね」

うなずいた宗右衛門は、

「もう十年も前に若者がそこを訪れたという。そこの人たちは、流れ着いた死体がしっかりと握りしめていた印籠を、近くの寺で手厚く供養していた。それを見せられた若者は、〝父上、父上〟と言って、何刻も泣き通していたということだ」

「となると、その若者が巳之助を？」

「そういうことになる」

宗右衛門の顔は晴れなかった。

和木は若者はおうたの周辺にいると丑之助に言った。あの世話好きでおしゃべりのおうたなら、なおに聞いた話をあちこちで話しているはずであった。

なおに頼まれてやったことだと言い訳するおうたに、

「有村様を知る人はいないかという話なら、なおさんも頼んだろうが、猫や金塊のことを話してくれなどとはおっしゃらなかったはずだぞ。人が殺されたのも、おまえのおしゃべりが災いしたんだ」

叔父は叔母に向かって珍しく声を荒げて、

「さあ、誰に話したか、すっかり思い出すんだ」

おうたを問い詰めると、

「そんなに怒らなくてもいいでしょう。何も、あたしだって、誰かれかまわず、話したわけじゃないんですよ」

不平を洩らしながら、おうたは一人、一人、思い出すままに名を挙げていった。

その中に、十年前に若者だったと思われる年格好の男が一人いた。名を信太郎《しんたろう》といった。近頃、評判の料理屋〝つたや〟の主であった。

役人の詮議を受けた信太郎は、

「わたしは人の嫌がる仕事をしている父が好きでした。誇りにも思っていました。その父上は、新島の金塊伝説を、年寄りといわれる仲のいい漁師たちの話とともに、よく話してくれました。だから、父と有村様が帰ってこなかった時、子供ながら、すぐに、これには何かあるとぴんと来たのです。父の死後、母は他家へ嫁ぎ、継父に冷たくされて、わたしはずいぶん辛い目に遭いました。家出した後、身を持ち崩しかけたこともあります。身を粉にして働き、どうにか、店を持つことができましたが、わたしの支えは父の仇を討つことでした。伊豆へ出かけ、墓には参ることができましたが、手がかりが元漁師であるという以外わからず、仇にはめぐりあえません。けれども、江戸で食べ物の商いをしていれば、そのうちに、仇の居所を知ることができると信じていたのです。仇の漁師たちは、金を手にすれば必ず、島になどくすぶっておらず、江戸に出てくると思ったからです。そんな時、店に立ち寄った松代屋のお内儀おうたさんの話を聞きました。おうたさんはほかでもない、父とともに消えた有村様の娘さんをご存じで、何とそこに猫と金塊が届けられたという。聞いたわたしは天にも昇る気持で、商いを店の者に任せて、いろ波長屋に張り込みました。そして、とうとう、巳之助が娘さんの家から金塊を盗み出すのをこの目で見たのです。後のことは説明するまでもございますまい。後悔などしていませんよ」

すがすがしい面持ちで言った。

一方、明日をも知れない卯吉はこの話を告げられると、吉田十郎太は金塊を島から運び出す途中、酔いすぎた巳之助から酒瓶を取り上げようとして、争いになり、はずみで船から落ちたのだと明かし、

「巳之助のようなろくでなしを、わざわざ、手にかけることなどなかったのに」

と苦しい息の下から言った。

卯吉は信太郎の罪を減じてほしい旨をしたためた文を奉行所へ届けると、ほどなく息を引き取った。殺された巳之助とは対照的に安らかな死に顔だった。

こうして、この一件は落着した。

近く、なおは猫のすずを連れ、天通塾を辞して上方へ帰ることになった。

「何でも店を継いでいる兄さんという人が、実は小さい時からなおさんにぞっこんで、なおさん、その人のお嫁さんになるんだそうよ。文句はないわよね、血はつながっちゃいないんだから。店の近くに寺子屋を開いて、あっちでも、子供たちを教えるんだとか。学問をしてもいいっていうお婿さん、そうはいないだろうから、あたしはいい縁だと思いますよ」

とおうたに報された和木は宗右衛門に伝えた。

「上方へ発つ前に一度、会われたらいかがですか」

「ほう、娘御は向こうでも寺子屋の師匠をするのか。人の役に立つことをする。亡き有村と同じだ。わたしはそれを聞いただけで充分だ。これで向こうで有村に話ができるからな」

満足そうに何度もうなずいていた。

四話　初午忘れ

一

もうすぐ初午だというのにみぞれが散らついている。

――今年は寒いな――

往診帰りの園田孝陽はどことなく寂しげな表情で、茅場町《かやばちょう》のあたりをぶらぶらと歩いていた。どこへ行くという当てがあるわけでもなかった。手にしている薬籠が重く感じられる。

――あれは痛かった――

孝陽が往診におもむいた先は深川であった。大川沿いの船宿の前を通った。その時、耳に聞こえてきたのは男女の声で、船宿の主と女房と思われる二人は、

「おまえさん、このところ少し働きすぎだよ。朝早くから夜遅くまでだもの、あたし

はおまえさんの身体が心配でならないよ」

「人も置かずに二人だけでやってるんだ、仕様がねえさ」

「そんなこと言ったって、あたしばかり楽をさせてもらってるのは申しわけなくて」

女房の声が甘えた泣き声に変わった。

「何を言うんだ、およう、おめえの腹にいるのは俺の子なんだぜ。つまらねえ気なんぞ、使う馬鹿がいるか」

聞きつけた孝陽は、

——およう？——

思わず立ち止まった。

つい一月ほど前の年の瀬、孝陽の家まで掛け取りの金を取りに来ていた、居酒屋の女将《おかみ》おようが化粧気のない顔で立っていた。おようと孝陽は男女のつながりを持った仲であった。

——あのおようか？——

孝陽はまじまじとおようを見た。孝陽はおようが掛け取りに訪れて以来、おようの店には顔を出していない。

——何だ、店じまいしていたのか——

訪れたおようは夫婦約束をした相手がいると仄《ほの》めかしていた。だとすれば、この成り行きに不思議はなかったが、

――しかし、早いな――

あろうことか、孝陽は少なからず失望していた。余分に金を請求したおようは、

「手切れ金ですよ――」

と言い、納得した孝陽が、その通りに渡してやろうとすると、泣いて拒んで、

「こうでもしなきゃ、別れられない」

「もう、これっきりなんですね」

受け取らせるのに難儀した。

――すべておようの芝居か――

そう思うと、自分より役者が一枚上だったおようが偉く見えてきて、孝陽はおようから目を離せなくなった。おようも気がついてはいるが目を逸らし続けている。

すると、おようの亭主が、孝陽の薬籠をじっと見据えて、

「お見かけしたところ、お医者の先生でいらっしゃいますね」

深々と頭を下げて、

「わたしはこの船宿の主、梅吉《うめきち》と申します。隣りに居るのは女房のおようです。先ほ

どから女房をご覧になっておいでのようですが、何かおように御用でございますか。それとも、身重の女房に何か起きているのでございましょうか――」

と警戒と不安の入り混じった目で訊いてきた。

「いや」

孝陽は目を伏せた。

「何でもない」

つっぱねるように言って足早に歩きはじめた。通りの角を曲がり終わったところで、冷や汗が流れて、

――あの男は立派だ――

およう の夫に兜を脱いでいた。

――およう も幸せになるだろう――

だが、一つ、案じられることも頭をもたげてきて、

――およう の腹の子はほんとうに亭主の子なのか――

また、

――それでなくとも、女一人、守ることのできぬ俺は相当のろくでなしだ。飲んだくれで妻子に手ばかり上げていた父親譲り、きっと、俺も人としての要が壊れている

のだろう――

自嘲的にもなった。

――そんな俺だからおようにも見限られたのか――

さっきまで感じていなかった寂しさが、じわじわと心を浸しはじめていた。

小太りで丸い顔の梅吉の姿が頭を離れない。

――あの男はほんとうに立派なものだ――

ますます気分が落ち込みかけていると、

「先生、園田先生」

聞き覚えのある声で後ろから呼び止められた。

林源左衛門であった。

「ああ」

――この男も風体はどこもかしこも丸いな――

そう思って、すぐにでも別れたかったが、源左衛門が額から汗を流し、はあはあと荒い息をしていることに気がつくと、

――自分勝手に人とつきあうのは悪い癖だ――

己を戒めて、

「あれは面白かったろう」

大名屋敷で幽霊の真似事をした話に触れた。

「はい」

源左衛門はうれしそうに答えた。実をいうと、幽霊と名のつくものはすべて苦手だったが、孝陽とともにした体験は貴重だった。

「先生は往診の帰り道ですね」

「そうだ」

「わたしはつきあいのある稲荷社に寄進を届けた帰りです。初午《はつうま》が近いですからね」

二月に入ると最初の午の日に、稲荷社各々で祭りがあった。稲荷社の数は多く、裏長屋の庭にまで稲荷は祀られていたので、江戸市中は、どこも祭りのための染幟、彩り豊かな大行灯で賑わった。また、神前には豪勢な供物が並んで、当日、社《やしろ》では神楽《かぐら》が奏《かな》でられ、男児が笛や太鼓を吹き鳴らした。稲荷社のない町など江戸にはなかったから、どこの町もお祭り気分の人出で溢れ、商店は繁昌した。

源左衛門は地元の稲荷社から、初午の日に限って、社で治療丹を売ってくれと頼まれていた。断り切れずに多少の数を融通することにしたのだが、その噂がまたたく間に伝わって、あちこちの稲荷社から売ってくれと言ってきた。そこで、源左衛門は地元の稲荷社に融通するのを止めた。

――これ以上、商売で私腹を肥やしているなどという噂が立ったら、お上はどういう沙汰を下されるか、知れたものではない――

源左衛門の仕事は気苦労の塊《かたまり》のようなものであった。そんなわが子を見かねて、

「わたくしがもう少し若くて元気であるならば、多少なりとも、手伝いもできましょうに」

母せきは案じ、

「ですから、いつも言っているように、早く、あなたには嫁を貰わねばなりません。伴侶《はんりょ》さえおれば、あなたの心の重荷を、ともに分かち合ってくれるにちがいありませんからね」

と言ったが、源左衛門はますます気持が塞《ふさ》ぐばかりであった。

――母上はわかっていない。林家の当主の仕事は仔細《しさい》な気遣いばかりだ。そんなことに、大事な人をつきあわせたくなどない――

浮かんでいた美登利の面影をあわてて打ち消した。

そんな源左衛門は孝陽の姿を見かけて、久々に気が晴れたような気がした。

――この人は何事にもとらわれていない――

ただそれだけの思い込みではあったが――。

「近くで甘酒でもいかがです」

源左衛門は孝陽を誘った。

――しまった。甘酒などという子供じみたものより、この人には酒の方がよかったのかも――

あわてて誘い直そうとした。

「そうだな」

孝陽はあっさりとうなずいた。

二人はしばらく肩を並べて歩いた。

「甘酒がお嫌いでなくてよかったです」

「うむ」

「寒いですね。今年は春が遅い」

「そうだな」

「でも稲荷社では、梅がちらほら咲いていました」

「そうか」

「わが家の梅も、花が初午に間に合うといいのですが」

初午の膳には、飯椀に梅の花を載せて出すのがならいである。

「うちの梅はもう咲いているぞ」

「早いですね」

「間に合わずば、うちのを摘みに来ればよかろう」

聞いた源左衛門は耳を疑い、

――親切は親切だが瑣末《さまつ》なはからいだ。この人らしくない。何かあったのだろうか
――

うれしくはあったが案じられてきた。

甘酒屋では赤い毛氈《もうせん》が敷かれている長床几《ながしょうぎ》に腰掛けて、運ばれてきた甘酒を啜った。二人は無言である。

――今日のこの人は、話しかけるといつものように撥《は》ね付けずに、無理して応えてくれる。おかしいし、こちらはかえって申しわけない気分になる――

そこへ、後ろから、

「甘酒を頼む」

聞き覚えのある声がした。

二

「和木殿ではありませんか」

即座に源左衛門は立ち上がっていた。丁重に挨拶をした。南町奉行所にはすでに年始挨拶の折、治療丹を気前よく配った。その折に和木にも会ったが、奉行所内のことでもあり、型通りの挨拶を交わしたにすぎなかった。美登利の雑煮を食べた初夢が気になって、とうとう和木の家には行かずじまいであった。

――逆夢《さかゆめ》であったらたまらない――

それほど源左衛門は思い詰めていた。

「これはこれは林殿」

和木も一度下ろしかけた腰を上げた。源左衛門ほどではなかったが、丁寧な挨拶を返してきた。

「これから奉行所へお戻りになられるのですか？」

「いや、祭り好きの叔父夫婦の店に立ち寄っての帰りだ。叔父のところは海産物問屋なので、この通り、このしろを持たされた」

「このしろは初午に欠かせぬものですよ」

このしろはこはだが大きくなったものである。初午の供物とされるのは、このしろという名称を、子の代《しろ》と解して、子が代々引き継がれるようにとの思いがこめられている。また、雑魚《ざこ》のこのしろは安価であり、誰もが初午に供え、口にすることができた。

「といっても、美登利と二人では多すぎる」

和木は風呂敷に包んだ竹ざるを重そうにかざして見せた。

「実は孝陽先生にばったり道で会って、今、ご一緒しているところです」

源左衛門は丸い顔をほころばせた。

「園田殿か」

和木は急に浮かない顔になった。

「どうです？　和木殿もご一緒されては？」

「うーむ」

和木はどうしたものかとしばし考えた。正直なところ、このまま家に帰って、このしろを神棚に供え、美登利と二人で手を合わせるのはつまらなかった。

——二人ともいい年をして、このしろとは無縁だ——

昨年も同じことをした覚えがあり、その前の年も、前の前の年もそうだった記憶がある。きっと来年もそうなのだろうなと思うと、つまらなさはますます募った。

――さぞやあの世の父上、母上はご心配だろう――

初午に限らず、季節ごとの行事とは、大なり小なり、子孫繁栄を願うもののはずなのだが、今日に限っては、所詮そんなものだと、受け流せずに、気持が綻《ほころ》びたように萎《な》えていた。

――やはり、あのことか――

二十日ほど前、和木は寺子屋の師匠なおに会って、何年ぶりかで人を想う気持を蘇らせた。

――あの時は自分が別の自分になったような気がした――

しかし、そのなおも養家の兄との縁組みが決まって、京へ帰っていってしまっていた。

和木はなおの身に降りかかってきた災難を助けられたのは、よかったと思っている。

だが、

――そもそもなお殿に会うきっかけとなったのは、叔父夫婦の差し金であった――

蘇った気持の整理はまだついていなかった。胸の片隅に痛みに似たものが残っていて、時折、ちくちくと刺してくる。

——それをこのしろとは——

叔母のおうたは、呼びつけた和木の目の前で、このしろを竹ざるに盛りながら、「このしろは子孫繁栄。和木の家の大事な守り神ですよ」

持ち前の屈託のない笑顔で、さらりと言ってのけた。おうたは和木の胸中など、まるで、頓着していないのであった。

——無神経すぎる——

つまり、和木は今、叔父夫婦に対して、また初午祭やこのしろについても、無性に腹立たしい思いになっていた。

すると、孝陽がすたすたと歩いてきて、

「厄介なものがあるな」

和木の横に立った。

「ほんとうに厄介だ」

和木が長床几に置いた風呂敷包みのこのしろを手に取ると、

「おやじ、おやじ」

孝陽は甘酒屋の店主を声高《こわだか》に呼んで、

「初午が近い。これをやろう」

ずっしりと重いこのしろの包みをすいと差し出した。

受け取った店主は、

「これは何でございますか」

低い腰をさらに低く屈《かが》めた。

「このしろだ」

「初午のお供物ですね」

「気が利いているだろう」

「それはもう。ずいぶんとたくさん――」

「これだけあれば、隣り近所にも配れる。そうしろ」

「はい」

店主は神妙に答えて、

「けれど、それではこのお方の分が――」

和木の方を見た。

すると孝陽は、ふんと鼻で笑って、

「このしろはな、腹切り魚とも言われる。切腹の際に刀に添えられ、これを炙《あぶ》ると死臭が漂うそうだ。もとより武家には不吉な魚だ。必要なかろう」

もっともらしいことを言った。

――たしかにその通りだが、切腹など滅多にないご時世。このしろを供え、初午を楽しむ武家も多い――

と和木は思ったが、気がつくと、孝陽の言葉にうなずいていた。要は、いわくのあるこのしろを持ち帰りたくなかったのである。

――初午に浮かれたい気分でもない――

和木が甘酒を飲み終わるのを待って、三人は立ち上がった。

「美味しくいただきました」

源左衛門が丁寧な言葉を残した。

孝陽の足は家のある京橋水谷町に向かっているのだろうが、回り道をしている。二人は黙って孝陽の後をついてきていた。そのうちに、

「どうした？　行く当てがないのか？」

二人を振り返って訊いた。意外に優しい目をしていて、その声はうれしげに弾んでいた。

「何となく――」

和木がその先の言葉を濁すと、

「先生と一緒にいたかったのです」

源左衛門は正直に答えた。

和木は、

──そうなのだ──

心の中でうんとうなずいた。

「おぬしたちは晴れない心を抱えている。ちがうか？」

孝陽はまた問いを投げかけた。

「そうなのです」

源左衛門は口に出し、和木も渋々うなずいた。

「実はこのところ、俺の気分も晴れていない」

「へえ」

驚いた源左衛門が、

「先生のような方でもそんなことがあるのですか？」

思わず口走ると、

「ある」

孝陽は大声で怒鳴るように言った。

──さっき、寂しげに見えたり、こちらに話を合わせようとしたのもそのせいだったのか──

源左衛門は合点した。

「そんな時は、皆でぱーっと派手にやるのがよいかと──」

和木が提案した。

「そうだな」

孝陽はうなずき、

「そうです、そうです」

源左衛門が繰り返した。

孝陽は、

「世間のしきたりを忘れての酒宴といくか？」

またしても問いかけ、

「初午にもこのしろにも関わりたくないものだ」

和木は本音を口にした。

「だとすると、初午忘れの酒宴ですね」

源左衛門が浮き浮きと念を押すと、

「その通り」

孝陽は憮然と答えた。

三人はももんじ屋〝ぼたん〟の前まで来ていた。

三

「まさか、酒宴の肴《さかな》をここで見繕うつもりではなかろうな」

和木が小さく呟いた。和木は鯨肉や鳥肉は美味しく食べたが、ももんじといわれる、猪や鹿などの獣肉は苦手であった。臭いがきつくてとても食べられない。

和木の呟きを耳にした源左衛門は、

――ここで和木殿は帰ってしまうのだろうか――

不安そうな顔で事の成り行きを見守った。酒宴は賑やかな方がいい。

「そこで待て」

孝陽は二人を店先に待たせて〝ぼたん〟に入った。入っていく孝陽の後ろ姿を見送ると、若い娘が一人店から出てきた。贅沢な晴れ着を身に纏っている商家の娘であった。薄黄色の地にぱっといくつもの梅の花が開いている。簪はべっ甲であった。

――相当の大店の娘なのだろうな――

源左衛門はそう思い、和木は、

――美しいが悲しい顔をしている。なぜだろう――

妙に気にかかった。娘が手にしている油紙の包みに目を据えて、

――ももんじ屋に獣肉をもとめに来るのは使用人の仕事だ。場違いにすぎる――

娘の艶やかだが寂しげな後ろ姿を見送った。

「今日あたり、極上の牛の肉が入っていると思って来たのだが、まんまと先を越されてしまった」

出てきた孝陽が渋い顔で言った。

「何と牛の肉か――」

和木は呆れて孝陽を見つめた。牛の肉は猪や鹿よりもさらに珍しい。和木は臭いを嗅いだことさえなかった。

「あれほど美味いものはないぞ」

孝陽は残念そうに言った。

「たしかによい匂いですね」

うなずいた源左衛門は、何度か大名家で牛肉の味噌煮を振る舞われたことがあっ

た。

「極上品は煮ずとも、焼いて塩で食べるのだ。これに限る」

孝陽はなおも未練がましく牛の肉の話をした。

「今日は何としても牛の肉だったのですね」

源左衛門は何も手にしていない孝陽を見て、

「何も肉にこだわらずともいいではありませんか。我ら三人で酒さえ飲めれば――」

ももんじ屋から孝陽を早く遠ざけたかった。しかし、孝陽は、

「小伝馬町《こでんまちょう》のももんじ屋に彦根のものを置いている店がある。味噌漬けだが牛は牛だ」

「でも牛は塩に限るのではなかったですか？」

「まあ、そうだが」

ここぞとばかり源左衛門は必死になって、

「塩で食べる牛でなければ珍しくありませんよ。ですから、今日はするめをもとめましょう、するめを。するめならどこでもとめても同じで、誰でも好物のはずです」

「いや」

聞かない孝陽は小伝馬町へ向かって歩きはじめた。仕方なく二人は追いかけたが、江戸橋にさしかかると、さっき、ももんじ屋で見かけた娘の姿があった。油紙の包み

を手にして欄干にもたれ、じっと川の水面を見つめている。そのうちに、草履を脱いで欄干から身を乗り出した。

「何をする、やめろ」

大声を出したのは和木だった。源左衛門が走り寄ろうとした時には、すでに、孝陽が娘の身体を羽交《はが》い絞《じ》めに抱えていた。しばらく娘は、どうにかして孝陽の両手を振り払おうと暴れたが、

「身投げは勝手だが、せっかくの牛の肉は置いていってもらおうか」

と言って孝陽が力を弛《ゆる》めると、急に崩れ落ちて橋の上にしゃがみ込み、

「いったい、どんなお辛いことがあったのですか？」

源左衛門の言葉にわっと泣き伏してしまった。

「それがし南町奉行所の和木万太郎と申す。仔細を聞かせてくれれば力になれるやもしれぬ」

と和木は言ったが、

「奉行所なんて、奉行所なんて」

娘は泣きながら、膝の上の拳をひしと固めた。

「どうやら、奉行所は何の役にも立たぬようだな」

孝陽はさらりと言ってのけ、娘を見つめて、

「それでは、奉行所とは関わりなく、話してみてはどうかな。何とかなるかもしれぬぞ。死ぬのはそれからでも遅くあるまい」

と諭した。

「そうです、そうです」

源左衛門は相づちを打った。

うなずいた娘はほどなく立ち上がって、三人の後をついてきたが、時折立ち止まると、袂で顔を覆っては声を殺して泣いていた。切れ切れに、

「おとっつあん、あたしのためにあんなことに――。ごめんなさい、おとっつあん」

と呟いているのが聞こえた。

「よほど辛い目に遭ったのでしょうね」

心から案じる源左衛門に、和木と孝陽はそれぞれうなずいた。

孝陽の家に落ち着くと、

「申し遅れましたが、私はひさと申します。日本橋通《とおり》油町《あぶらちょう》にある油問屋相模屋《さがみや》の娘でございます」

と娘は自分の名を名乗った。

「相模屋なら、たしか、年の瀬から新年にかけて葬式の続いた店だな」

和木は他の同心たちに聞いて知っていた。さらに、

「主夫婦が、悪い流行風邪をこじらせて亡くなったと聞いているが——」

するとおひさは黙って唇を血が滲むほど噛みしめた。

「ちがうのか？」

孝陽は訊いた。

「はい」

うなずいたおひさは、

「父徳兵衛《とくべえ》は借金を苦にして首を吊りました。母はそれを聞くと、もともと身体がそう丈夫ではなかったこともあって、新年早々、流行の風邪で逝ってしまったのです」

「今、借金と言ったな」

和木は首をかしげた。

「はい、身の毛もよだつような額の借金でございます」

おひさは和木ではなく孝陽の方を見て言った。

「それは解《げ》せぬ。通油町の相模屋といえば、新興ながらよい油を安く売ると評判の店だ。借金などというものに縁があるとは考えにくい。いったい、いつから借金に追わ

れはじめたのか?」

「昨年の神無月《かんなづき》の頃からでございました」

「ということは、短い間に借金が膨らんだというのだな」

和木が念を押すと、

「つまり相模屋は誰かに嵌《は》められたのだ」

孝陽が言い切った。

「そうなのです、そうなの――です」

おひさの目に涙が溢れ、泣き声が洩れた。

「泣くな」

孝陽は一喝《いっかつ》した。

「嵌められたのなら、何とかして仕返しをして、嵌め返さねばなるまい。だらだらと泣いている場合ではないぞ」

「わかりました」

おひさは涙を袖で拭った。

「さて、では、どう嵌められたか、申してみよ」

和木は促した。

「はい」

　素直にうなずいたおひさは、

「昨年の重陽《ちょうよう》の頃でした。お花のお稽古からの帰り道、いつものように手代の与七《よしち》と一緒でしたが、与七がそれはそれは菊が綺麗に咲いている家が近くにあるから、そこを通って帰ってはどうかと言ってくれて、普段とは異なる道を遠回りいたしました。わたしは綺麗な花に目がないものですから。でも、その道は昼間だというのに、暗くて人通りがなくて――」

　そこでおひさは言葉を切り、目を伏せた。

　源左衛門は、

「きっと、あなたにとって辛い出来事が起きたのですね」

　優しく先を促した。

「いいえ」

　おひさはさっきよりもさらに強く唇を噛んで、

「後の地獄のようなことを思えば、あれぐらいのこと、何でもございません」

　突然、数人の与太者《よたもの》が出てきて与七を殴り倒し、自分に襲いかかってきた話をした。

四

「あの時はもうどうなることかと思いましたが、通りかかったお侍様に助けられました」

「ふーん」

孝陽は鼻でうなずいた。

「そやつの名は何という？」

「お侍様の名は津山孝一郎《つやまこういちろう》様とおっしゃいました。水村藩の勘定方であると仰せでした」

「藩士の方だったのですね」

源左衛門の言葉に、

「はい」

掠《かす》れた声でうなずいたおひさは、またしても、涙を流しはじめた。

「臭うな」

突然孝陽が言った。

「臭い、臭い、臭くてたまらん」

眉をしかめ、鼻を指でつまんでおひさの方を見ている。

「園田先生、今、おひささんは傷心なのですよ」

源左衛門の語調が強くなった。

「しかし、臭いものは臭い。仕方なかろう」

孝陽の目はおひさから離れていない。

「本来、女子が襟元に忍ばせているのは、よい香りのする匂い袋と相場が決まっている。死臭といわれる類のものではあるまい」

すると、おひさは観念した様子で、襟元から懐紙に包まれたものを取り出した。たしかにその包みからは生臭い臭いが漂ってきている。

「臭いのもとはこれにございましょう」

差し出された包みを受け取った孝陽が、懐紙を開くと、

「このしろ——」

源左衛門が叫び、

——またしても、このしろか——

和木は絶句した。

「このしろを襟元に忍ばせていた理由、聞かせてもらおう」

孝陽はおひさに詰め寄った。

「わたしは、お助けいただいた津山様をお慕い申し上げるようになったのです。先を約束する仲にもなって――」

おひさは首まで真っ赤に染めた。

「藩士と町人では身分がちがう。男女の仲は異なものとはよく言うが、助けてくれただけで、そうそうすぐに好き合うものではあるまい」

「助けていただいた御礼にと、父が与七に命じて当店の油をお届けしたのが、そもそものご縁のはじまりでした。水村藩では江戸家老の飯田様がうちの油を大変気に入られて、以来、油はすべて相模屋のものをということになりました。ご注文は津山様が店においでになってされました。それで、そのうちにわたしたちは人目を忍ぶようになりました――」

おひさはまた首を赤く染めた。

「よくわかった」

大きくうなずいた孝陽は、

「そして、その先は?」

「気づいたおとっつあんが、津山様に確かめると、津山様は〝いずれ折を見て妻にするつもりだ。見知った武家へ養女に入り、行儀見習いなどをしてもらうつもりでいる〟と話してくださいました」

「さぞかし、父親は安心したろうな」

和木の言葉に、おひさはうなずいて、

「思えばあの頃が一番幸せでした。ちょうど紅葉の頃で――」

一瞬、おひさの目は虚ろになった。

「その後には地獄が待っていたはずだ」

孝陽の口調は厳しかった。

はっと我に返ったおひさは、

「ええ、その通りです。支払いがきちんとされていたのははじめのうちだけで――。それでも注文は毎日のように入るのです。そうなったら、仕入れてお届けするしかありません」

「すると借金は仕入れのためですね」

源左衛門の問いにおひさはうなずいた。

「油などというものはそう多くいるものではないぞ。不審に思わなかったのか？」

和木が訊いた。

「おとっつあんは、高利で同業の方々に油を借り歩いていました。娘を助けてくれた上、商いのお出入りまで許され、嫁にまで貰ってくれるというお方、津山様が言いつかってきなさることだ、まちがいなんぞあるわけないって、自分に言い聞かせていたのです」

「借金が嵩《かさ》んでも、水村藩に支払うよう言いにはいかなかったのか?」

和木の言葉に、

「行きましたとも」

おひさの口調は激しくなった。

「たしかに多少の油は試しにと貰い受けたが、大量に注文した覚えはないの一点張りでした。言いがかりだとも言われて、おとっつあん、お屋敷からつまみ出されて、耐え切れずに死んだのはその夜のことでした」

「津山は屋敷にいたはずだ。相模屋を庇わなかったのか?」

おひさは首を横に振った。

「向こう様では、津山孝一郎なんて侍は知らない、油は買っていないと言い切ったそうです」

「なるほどな。相模屋が油を借り歩いたのは、油問屋の仲間うちだな」

「ええ」

「仲間うちの元締めは何という名だ」

「中田屋《なかたや》さんです」

「中田屋庄《しょう》右衛門《えもん》だな」

「はい」

「うちは新入りですので、中田屋さんのお声掛かりがあってこそ、お仲間にもしていただけましたし、高利とはいえ油を融通していただくことができたのだそうです」

「となると、これは大仕掛けな罠だな。中田屋庄右衛門が怪しい」

源左衛門もうなずいて、

「中田屋さんや他の老舗油問屋が、商いで新参の相模屋さんに負けているという話なら、聞いたことがあります」

「負けている者は勝っている者を快く思わぬものだ」

と和木は言った。

まさかと青ざめたおひさは、

「でも、中田屋さんはご親切に、借金のかたは相模屋の店で帳消しにしてくれると
――」

「馬鹿な、それを乗っ取りというのだぞ。中田屋と水村藩の家老が一芝居打って、相模屋を嵌めたのだ」

和木は大声を出した。

源左衛門は、

「相模屋さんが水村藩のために集めた油は、中田屋や中田屋の息のかかった問屋のものでしょう。これらは相模屋さんを経て水村藩に納められた後、元通り、中田屋をはじめとする各々の店に戻っているはずです。これで残ったのは、相模屋さんが書いた借金の証文だけということになります」

と言って気の毒そうに目を伏せた。

「でも、こちらにも証《あかし》が。津山様が書かれた注文書がございます」

おひさは必死の目色になったが、

「しかし、水村藩では、そんな奴は知らぬと惚けているのだろう」

和木の一言に、

「そうでした」

おひさはうなだれた。

「そして、このしろだ」

孝陽は臭いに顔をしかめながら、

「やっとこのしろに行き着いた。店が乗っ取られようとしている最中に、初午の供物でもあるまい」

すると、

「津山様――孝一郎様」

またしても、おひさはさめざめと泣きだした。

「津山孝一郎は自害した。そうだな」

孝陽は懐紙に挟まれたこのしろを見つめたままでいる。

「そう伝えられて、後を追う気になったのだな」

念を押されたおひさはうなずく代わりに、

「今日の朝、水村藩の江戸上屋敷へ伺いました。津山様が水村藩のお方でないとは、とても思えませんでした。わたしたちを騙していたなんてとても――。津山様は優しい、男らしいお方です。あの津山様が、お屋敷に出向いたおとっつあんに声をかけられなかったのは、何かよほどの事情があったからだと思っていたのです。それで、是非、津山様ご本人から事情を聞きたくて、たとえわずかでも油の代価を払っていただけないものかと――。こちらには、注文書の束と、津山様がうっかり忘れていらした印籠しかございませんが——。ところが、門番に取り次いでもらって、出ていらした勘定方のお侍様にお訊きすると、津山様は足軽の身分で、身分を偽って、わたしたちを騙していたのだということが発覚し、とうとう、自害させられたとのことだったのです」

「それで、このしろが渡されたのだな」

和木の言葉に力なくうなずいたおひさは、

「それを見たとたん、やっぱりと心が定まりました。家を出る時から、津山様にお会いできなかったら、死のうと決めていたのです。その旨は文にもしたためておきました。わたしさえ、津山様や水村藩に関わらなければ、おとっつあん、おっかさんが死ぬこともなかったんです。ももんじ屋に立ち寄ったのは、親不孝をした罪滅ぼしに、せめておとっつあんの好きだった牛の肉をと思ってのことでした」

と言い、

「わたし、今、すぐ、死にたい」

消え入るような声で言った。

源左衛門は、

「津山孝一郎の印籠をお持ちですか」

おひさに訊いた。

「注文書は家にしまってありますが、印籠なら肌身離さずこうして持っております」

おひさは袖から出して渡した。

「これは――」

目を瞠《みは》った源左衛門は、

「かなり上等な象牙細工です。足軽などの持てるものではありますまい」

と言い当てた。

「相模屋さんやあなたを騙していた津山孝一郎は、足軽などではあり得ません。となると、自害したということだって、真《まこと》がどうか、わかりはしませんよ」

困惑した様子のおひさは、

「津山様が一人で油を盗み取っていたとしたら、その油はどうなったのでしょう？　上方へでも売られてしまったのでしょうか？」

和木はすぐさま、

「いや、そんなことはないな。油は重く船荷になる。津山一人で動いてできるものではない。先ほど、林殿が言ったように、中田屋が貸した分は中田屋へ、他の店のものはそれぞれの店に戻っているはずだ」

そして、孝陽は、

「相模屋が借りずに納めた油は、今も水村藩の蔵に眠っているだろう」

と言い切り、険しい目で、

「つまり、津山孝一郎は連中とぐるなのだ。そなたを助けたのも、この企みのためだったのだろう。いや、仲間の一人で、そなたが襲われ、窮地に追い込まれたことさえ、企みの一環だったのかもしれぬぞ」

聞いたおひさは、たび重なるあまりの悲嘆に、

「そんな――」

その場に崩れ落ちて気を失った。

五

しかし、ほどなく気がついたおひさに、

「大丈夫か」

和木が躙《にじ》り寄ると、

「口惜しい」

一言呟いたおひさは目を吊り上げて、

「騙されていたなんて、口惜しい、口惜しい、憎い、憎い」

和木の胸板を固めた両の拳で、一心不乱に打ちはじめた。

――痛い――

その拳の強さは、思わず和木が顔をしかめるほどであった。

「そうだな」

孝陽はうなずいて、

「そやつを憎き男だと思うがいいぞ。うんと殴って、とりあえずはうさを晴らせ」

と勧め、源左衛門は、

――しかし、痛そうだ――

しかめている和木の顔に気がついて、
胸を叩かれている和木の前に、自分の身体を滑り込ませた。一瞬、おひさの拳が止まって、

「さあ――」

源左衛門が相手を促すと、おひさは拳を固めたまま、わーっと大声で号泣した。

「やっと気がついたか、馬鹿娘」

孝陽は言い放った。

「馬鹿はあんまりですよ」

源左衛門はむっとして抗議し、和木も、

「悪いのはその娘ではないぞ」

同調したが、

「いいか」

孝陽はおひさを見据えて、

「たしかに津山孝一郎に助けられるまでのいきさつは、おまえの罪ではなかろう。だがな、よく聞け。津山にのぼせて男と女の縁を持ち、先の約束を信じたのは、おまえの男を見る目のなさ、馬鹿さ加減だ。そのせいで、相模屋は食い物にされ、追い詰められた両親は死んだ。津山が悪人とわかった今、おまえは三途《さんず》の川《かわ》を渡っても、両親に合わす顔がなかろう」

聞いていたおひさはぴたっと泣きやむと、肩を震わせつつ、こくんとうなずいた。

孝陽は続けた。

「おまえは養女となって津山へ嫁に行くと言っていた。相模屋に跡継ぎがいるのだな」

「はい、兄が一人。人のいいばかりの頼りない兄ではございますが」

「兄がいるのなら、相模屋は続けられるではないか」

「ええ、でも、借金が――」

「借金さえなくなれば、何とか商いは続けられるはずだ」

「そうです。でも、そんなこと――」

「もとより払う必要などない借金だぞ」

「もちろん、そうですけれども――」

何を言いだすのかと、おひさは不審そうに孝陽を見た。

「よし、その借金、今日中に帳消しにしようぞ。明日は初午だ。初午にかかっては縁起が悪かろう」

孝陽は威勢よく膝を叩いた。

聞いていた和木はぎょっと驚いた顔になって、穴の開くほど孝陽を見つめた。

源左衛門は、

――どうしようというんだ、この人は――

一瞬、呆れたものの、大名家へ同行した一件を思い出し、

――この人のことだ。きっと策はあるのだろう。何やら、面白いことになってきたな――

期待と不安の入り混じった心持ちになった。

「それからな」

孝陽はさらに先を続けた。

「約束してほしいことがある」

「何でございましょう」

おひさは緊張の面持ちになった。

「われらが借金を帳消しにしてやった後は、財を築いた両親の初心を汲んで、頼りない兄でも馬鹿にせず、兄と力を合わせて商いに精を出し、相模屋を守るのだ。ゆめゆめ、二度とつまらぬ男に心を惑わせてはならぬぞ、いいな」

「わかりました」

おひさは深々と頭を下げた。

そして、孝陽は相模屋へと帰っていくおひさに、

「ここで話したことは、これから未来永劫《えいごう》、誰にも話してはならぬ。先ほどおまえは死ぬ覚悟の文を書いて出てきたと言った。なぜ、死なずに戻ってきたのかと訊いてくる者があっても、決して答えてはならぬぞ。兄にも手代の与七にもだ。いいな。話せば成就せぬものと思ってもらいたい。また、成就して借金から免れても、われらを恩

に着ることはない。すべてはお天道様のはからいと思うことだ」

と言い、

「ただし、これだけは貰っておく」

油紙の包みを手にして、

「礼はこの牛の肉と思えば、今後、一切心にかかるまい」

にやりと笑った。

おひさが家を出ていくと、孝陽は早速、七輪に火をおこして、

「今日は極上の牛を肴にできるぞ」

と言った。

「でも――」

和木と源左衛門は同時に同じ言葉を口にして、

「たしかにもう昼すぎですが――」

源左衛門が外の様子を気にすると、

「さっきのおひさという娘との約束はどうする？　証文が残っているのだ。借金を帳消しにするなど、たやすくできることではないぞ。それに商人とはいえ、中田屋といえば大物だ」

和木はむずかしい顔で腕組みをした。

「まあ、よいではないか」

孝陽は鉄鍋を七輪にかけると、青い煙が立ってきたところで、さしの入った見事な色艶の牛肉を並べて載せた。すぐに、えも言われぬよい香りが立ち上ってきた。

「そうそう、この香りでした」

美味いものに目のない源左衛門がうっとりしていると、

「たしかにな」

和木も涎《よだれ》が出そうになった。

「とにかく塩だからな」

三人は少量の塩を振りかけただけであっという間に牛肉を食べ終えた。

「これに酒があればな」

思わず口にしたのは和木だったが、孝陽が厨から運んできたのは茶だった。

「これから仕事がある」

「おひささんとの約束を果たすのですね」

源左衛門は合点した。

孝陽はうなずいた。

「借金の証は証文だ。証文さえなければ問題はない」

その言葉に二人は顔を見合わせた。

源左衛門は、

「まさか――」

孝陽の顔を見守った。

「そのまさかだ。今宵、証文を盗もうと思う」

孝陽はさらりと言ってのけた。

驚いた和木は、

「わたしはご免だ。わたしは同心なのだぞ」

「そう来ると思った」

孝陽は少しもあわてず、

「和木殿は俺と二人で相模屋を見張るだけでよい」

「見張ってどうするのだ」

「おひさと津山孝一郎を会わせた手代の与七が怪しい。与七が動くとしたら夜、商いが終わる頃だ。与七をつけて、行く先を見届ければ、おのずと同心のおぬしが関わる話となろう」

六

「わたしはどうすれば？」

源左衛門は不安になった。仲間から外されたような気がしたのである。その上、どうにもまだ、孝陽のやろうとしていることの大要が見えない。そんなことで、借金の証文は取り戻せるのだろうか？

「実をいうと林殿の仕事が一番むずかしい」

言われた源左衛門は冬だというのに、額から冷や汗を流していた。

――悪くない緊張感だが――

根は小心なので心の臓がばくばくしてきている。

孝陽は、

「林殿は刀剣だけではなく、書画骨董にもくわしいと聞いている。水村藩にある、これぞという、書画骨董に心当たりがあったら、教えていただきたい」

「水村藩ならば、まず、宗純《そうじゅん》の〝長門春草《ちょうもんしゅんそう》〟をおいてないでしょう」

「宗純とは一休宗純のことだとわかるが、はて〝長門春草〟とは？」

和木が首をかしげた。

「詩作に優れていた宗純が、十三歳の時に作った漢詩が〝長門春草〟です」

「その詩を能筆をもって書き残したのが、〝長門春草〟なのだな」

和木の言葉に源左衛門は、

「その通りです。宗純の墨蹟《ぼくせき》は茶人に人気がありますから、その上、それが優れた自作〝長門春草〟ともなれば、これはもう、途方もない価値のはずです」

ふーんと鼻でうなずいた孝陽は、

「ところで、おぬし、見たことはあるのか？」

ここが大事とばかりに源左衛門を見据えた。

「ございます」

源左衛門はここで一度言葉を止めた。

――まずい、これから先は生業に関わる重要なことになる。上屋敷へ招かれたことを話すことになる――

先を話すのを戸惑っていると、

「水村藩の〝長門春草〟は本物だったのか？」

孝陽はずばりと訊いてきた。

「まちがいなく」

源左衛門は短く答えた。

「わかった」

力強くうなずいた孝陽は、

「では、それ、〝長門春草〟でいこう」

言い切った。

「ど、どういうことでございますか？」

目を白黒させている源左衛門を尻目に、

「いいか、よく聞け。今、江戸市中のある骨董屋に〝長門春草〟が売りに出されている。それを知ったのはおぬしが仕事柄、江戸中の骨董屋とつきあいがあるからだ。頼まれて骨董屋にある〝長門春草〟を見たが、どうにも、そちらの上屋敷で見た本物に見えて仕方ない。こちらが本物となれば、今、水村藩にあるのは、すり替えられた贋物ということになる。かくなる上は、両者を見比べ、上屋敷にあるものが贋物ならば、骨董屋に泣いてもらい、本物を返してもらうよう、骨を折ってもいい、このような節介は長年、つきあいのある御大名方への、せめてもの謝意の気持であると思っていただきたい——」

とまで、孝陽はさらさらと言ってのけて、

「というような文言を文にしたためて、水村藩の上屋敷におもむき、御家老に渡してもらうのだ。そうそう、昼ではなく夜を選んで訪れたのは、これは即刻、秘密裡に処理すべきことと判断したゆえ――とつけ加えた方がいいな」

筆と硯に紙を源左衛門に渡した。

そして、

「それでは先に和木殿と参るが、文を書き終わったら、上屋敷の前で待っていてくれ。必ず行く」

と言って、和木とともに立ち上がった。外はすでに暗く、冷たい冬の夜空が広がっている。

二人は通油町の相模屋まで来ると、和木が表を孝陽は裏を見張った。店の脇道を歩いてきた孝陽が、和木に向かって手を振ると、もと来た方向へと踵《きびす》を返した。和木は孝陽の後を追った。

こうして二人は、相模屋の勝手口から出てきた与七の後をつけた。三十を少し出た年頃の与七は、忠義者を絵に描いたような様子をしている。その与七は、手にしている紙の束を何度も握り直し、四方に気を配りながら歩いていく。辿り着いた中田屋は同じ通油町にあった。

「たしかに商売仇ではあるな」

和木は呟き、

「だからといって、汚いやり方で潰して、乗っ取っていいことにはなるまい」

孝陽は語気を荒くした。

与七は中田屋の裏口に立つと、柏手を三度打ち、どんどんどんと裏戸をやはり三回叩いた。

すると、

「ご苦労だったな」

ぎいっと裏木戸が開いて、出てきたのは崩れた身なりのごろつきたちだった。どてらや袢纏《はんてん》を引っかけて三尺帯《さんじゃくおび》を結んでいる。どの顔も目つきが悪く、すさんだ印象であった。

「中田屋の旦那がお待ちかねだ。早く、おめえが相模屋の文箱から盗み出したものをここへ出しな」

紺の股引きを穿《は》いた兄貴分が促した。

「こ、これを中田屋さんに」

与七が紙の束を差し出すと、受け取った紺の股引きは、

「ほんとに、こりゃあ、ご苦労なこった」

にやりと笑って、隣りにいた豆絞りを鉄火に結んだ弟分に顎をしゃくった。

豆絞りがうんとうなずくと、白足袋に鎌倉下駄を履いたもう一人が、さっと目にも止まらぬ速さで、匕首を与七めがけて突き出した。

「な、なにをなさるんです」

与七はその場に崩れ落ちた。

「しまった」

孝陽は叫んで、ごろつきたちの前に躍り出た。

「何だ、てめえは」

紺の股引きと豆絞りも匕首を抜いた。

「人を刺す有様、しかと見届けたぞ」

和木も十手をかざして身構えた。

一瞬、三人の目は十手に集まったが、

「八丁堀か」

「ふざけたことを言いやがる」

「かまわねえ、どいつもこいつもあの世へ送ってやる」

二人が和木に、もう一人が孝陽に襲いかかってきた。

「馬鹿者」

孝陽は刀を抜かなかった。さっと一撃を躱すと、次には斬りつけてきた豆絞りの利き手をつかんでいた。ぽとりと匕首が落ちた。

和木は刀を抜いた。今まで人を斬ったことなどなかったが、こうも簡単に丸腰の相手を殺そうとした、卑怯《ひきょう》な場面を見せられると、

――断じて許せぬ。やれる――

握っている刀に力が入った。

しかし、紺の股引きと白足袋はじりじりと和木との間合いを狭めてくる。

「死ね」

躍り上がった白足袋がぶつかってきた。同時に紺の股引きも躍り上がった。

「くたばれ」

二人の匕首が交互にきらめいた。左右どちらに身を躱そうかと迷った刹那、

「馬鹿者」

孝陽が叫んで、二人のごろつきの匕首は、すでに地べたに放り出されていた。電光石火のごとく、孝陽は二人に当て身を食らわせ、匕首をはたき落としていたのであっ

た。

「匕首と見くびって油断せぬことだ」

孝陽の声が響いた。気がつくと和木の着物の片袖も地べたであった。すっぱりと匕首で切り落とされている。

――危なかった――

和木は冷や汗が流れた。

「早く、縄をかけろ」

孝陽の指示にあわてて和木は、ごろつきたちに縄をかけていった。

するとそこへ、

「騒がしい。いったい、何を手間取っているというのだ」

裏木戸から番頭を連れた中田屋庄右衛門が現れた。いつもは小柄な好々爺《こうこうや》といった印象の庄右衛門だが、今は顔を引きつらせている。

「やっと、うじ虫どもの親が出てきたようだな」

孝陽は冷たく笑った。

「見ての通りだ。ここにいるごろつきたちを雇って、相模屋の娘を襲わせたのはおまえだろう」

和木は言い放った。

「な、何をおっしゃるんです」

庄右衛門はしらばくれた。

「こんな柄の悪い連中、当家とは関わり合いなどありません」

「そうかな。こいつらが出てきたのは、おまえが今、出てきた裏口だぞ」

「はて、知らぬ間に忍び込んだのでしょうな」

庄右衛門はしぶとかった。

七

「嘘をつくな」

和木は怒鳴って、

「まあ、よい。いずれ、こいつらにゆっくり訊こう」

と続けた。

すると、顔色を変えた庄右衛門は、

「伊之吉《いのきち》、早く」

叱るように番頭の名を呼んだ。その伊之吉がぶるぶる震えながら、胸元に隠していた短筒を出してかまえるのと、目にも止まらぬ速さで孝陽が、落ちていた匕首を短筒めがけて投げたのとは、ほとんど同時であった。伊之吉は短筒を持っていた右手を左手で押さえて、真っ青な顔で佇《たたず》んでいる。その伊之吉に、

「少しの間、痺れているだけだ」

と孝陽は言った。

短筒は地べたを滑って庄右衛門の足下で止まった。老人とは思えない素早い身のこなしで、庄右衛門はその短筒を拾った。

「へっへっへ、これさえあればこの世に怖いものなどないわ」

笑み崩れつつ、庄右衛門はかまえた短筒の引き金を引きかけて、

「ぎゃあ」

と叫んでのけぞった。庄右衛門の利き手を匕首が貫いていた。孝陽がもう一刀、拾った匕首を飛ばしたのである。

「うわあ」

庄右衛門は激しい痛みに呻き続け、孝陽は、

「それぐらいで死ぬことはない。しばらくそうして、相模屋の痛みを味わうことだ」

さらりと言ってのけ、

「飛び道具さえなければ、こやつらなどただのくず。大人しかろう」

孝陽はそう言って、和木に短筒を渡した。

和木は短筒を懐にしまうと、伊之吉と失神寸前の中田屋に縄をかけた。

次に孝陽は、

「大丈夫か」

うずくまったままの与七を介抱して、傷を調べた。すでに与七のまわりは血の海であった。迸《ほとばし》る大量の血で湿っている。孝陽は与七の腕を取って脈を確かめた。

「大丈夫か？」

縛り終わった和木が孝陽に訊いた。

孝陽は首を横に振って、

「あいにく太腿の付け根をやられている」

すると突然、意識を取り戻した与七は苦しい息の下から、

「わたしは罪を犯したことがあるんです。それを隠して奉公していることを、中田屋さんやこいつらに知られてしまって、主に言いつけると脅され、それでもはじめはほんの少し、商いを引いてもらうだけだと言われて——。遅い縁で一緒になった女房との間にできた子が可愛くて、その子もどうにかすると言われてはもう——。けれど

も、そのうちにとんでもない大それたことになってしまって――。あの世の旦那様やお内儀さんに何とお詫びしていいか――」

と言ってこときれた。

この後、孝陽はごろつきの一人から、豆絞りの手拭いを取り上げ、これを裂いて包帯を作り、

「とりあえずの命は助けてやろう」

庄右衛門の手当てを済ませると、

「これが大事だ」

紙束を紺の股引きからもぎ取って懐にしまった。そして、

「後はよろしく頼む」

水村藩のある上屋敷へと足を向けていた。

八

林源左衛門は水村藩上屋敷の前に辿り着いて息を切らしている。門番に気づかれぬように近くの低木の茂みに隠れて、孝陽を待っていた。

たしかに源左衛門は藩邸への出入りが許されている。一見、如才なく人好きのする

江戸家老飯田常之介《いいだじょうのすけ》とも懇意であった。その飯田が中田屋や藩士とつるんで奸計に与《くみ》していたのだという――。これは青天の霹靂《へきれき》であった。

――社交好きで洒脱《しゃだつ》な、よくいる江戸家老のお一人にしか見えなかったが、人は見かけによらぬものだな――

源左衛門は複雑な気持であった。息を切らしていたのは、いくら見知った仲とはいえ、源左衛門は浪人、あちらは家老、訪れるのであれば、相応のいでたちでなければと考え、一度、家に戻って着替えてきたからであった。

また、宗純の〝長門春草〟の贋物《にせもの》の話をでっち上げるのであれば、らしきものを蔵から探して持参しなければならなかった。

源左衛門は、水村藩の〝長門春草〟が書かれているのと、同じ大きさの墨蹟を入れる書筒を用意してきていた。絹張りでできた、なかなか重々しい小豆色の書筒で、時代だけは宗純が生きた室町時代のものであった。もちろん、孝陽の指図通り中は白紙の和紙が丸めて入っているにすぎない。

源左衛門は、

――園田先生の策は面白いが、今度ばかりは冷や汗のかき通しだ――

と思い、さらに、

――これは、幽霊をでっち上げた時よりも危ない仕事だ――

またどっと脇の下に冷たい汗が流れた。

しばらくして、孝陽がやってきた。

「先生、園田先生」

源左衛門は小声で孝陽を呼び止めると、茂みの中から手招きした。

「まずは着替えていただかないと」

いつも孝陽は着流しであった。

「骨董屋の真似をするのか」

「いいえ、わたしの弟子ということにします」

源左衛門は林家の高弟の袴を出してきた。

「くれぐれも弟子らしい言葉、振る舞いをお願いします」

「わかった。案じるな」

この後、源左衛門は居眠りをしかけていた門番を起こして、贋物ではないかと案じる文を託した。門番には、人肝で作る特許品の治療丹を握らせた。

二人は藩邸の中へと招き入れられた。

家老の飯田常之介は客間で待っていた。

「夜分に失礼いたします」

源左衛門は丁重に挨拶をした。

「とんでもない。このような重大事、時を選ぶものではござらん」

飯田は興奮した口ぶりで源左衛門が手にしている書筒をながめ、

「ところで、それなる者は――」

要件に入る前に、下座に座っている孝陽に用心深く目をやった。

「高弟の大園孝賢《おおそのこうけん》にございます。日頃から、無愛想な男ではございます」

源左衛門が答えると、

「林先生には据物斬り以外にもいろいろとご指導いただいております。実は、宗純の〝長門春草〟を骨董屋で見つけ、先生にお報せしたのは、このわたくしなのでございます」

孝陽は信頼に足りる、涼やかな目で微笑んだ。

見ていた源左衛門は、

――驚いた。役者の才まであったのか――

心の臓が口から飛び出しそうだった。

「そうか、そちが見つけたのか――」

飯田はほっと息を吐いた。

すると、

「いけません、いけません」

やおら孝陽は立ち上がって、畳の縁《へり》を踏んで歩きはじめた。

――無礼にもほどがある。いったい、何を考えているのか――

源左衛門は心臓といわず五臓六腑の血流が止まりかけた。

「何がいけないのか」

飯田に訊かれると、

「その前にわたくしがどうして、〝長門春草〟を見つけ出すことができたのか、お知りになりたくはありませんか」

孝陽は思わせぶりな物言いをした。

「そうだな」

飯田は渋い顔でうなずいた。

「聞かせてくれてもいいが」

そんなことはどうでもいい、早く、贋物と本物の鑑定をしろという苛立《いらだ》ちが感じられる。

「簡単なことです。宗純の魂に導かれたのですよ」

「宗純の魂か――」

飯田は眉を寄せた。

「わたくしは霊と話ができるのです。一月ほど前、宗純の霊が出てきて、ある骨董屋の名と貴藩の名を告げ、こちらのものは本物だが若書きで気に入らない、ひいてはほんとうに気に入ったものを書いたから、若い時のものと一緒に並べておいてほしいと訴えてきていたのです。そうしてくれないと優れた漢詩人の名に傷がつくというのですよ」

「真か」

飯田は疑わしそうに孝陽を見た。

「真でございます、この通りでございます」

驚いたことに孝陽は、源左衛門の脇にあった書筒を取り上げると、中身を取り出し、さっと飯田の目の前に広げた。

「は、白紙ではないか」

飯田の目が憤った。

「こやつ、当藩を愚弄《ぐろう》するのか」

「どうか、お気を鎮めて下さい」

さらにぞっとするような声音になって、

「今はこれも白紙でございますが、夜が更けるにつれて、わたくしの筆を借りて、まこと、宗純の能筆が浮かび上がってくるのでございます。これがあった先の骨董屋の主も、不思議でならないと言っていました。普段、主もわたくしも拙《つたな》い字しか書けませんが、宗純が降りてくると別人のようになって、宗純に書かせられるのです。知に優れ、筆に長け、後小松《ごこまつ》天皇のご落胤《らくいん》とまで噂された宗純ほどの人物、〝長門春草〟に魂が乗り移っていても不思議はございません」

――なるほど、そういう策だったのか――

「それでこのような夜分を選ばせていただきました。なにぶん、宗純の魂は静寂を好み、昼間の喧噪《けんそう》には降りてこないのです。まことに突然でぶしつけなお願いではございましたが、われらは稀代《きたい》の天才宗純の志を全うさせたい、その一念でございました」

源左衛門は調子を合わせた。

「しかし。まさか、この大園孝賢なる其《そ》の方《ほう》の高弟が書いた書を、〝長門春草〟の本物と見なして、わが藩にあるものと取り替えるということは、できぬ相談だぞ」

飯田は狡《ずる》そうな顔になった。

「承知いたしております。宗純の魂が書いた書はどうか、こちらで若書きのものと一緒に、末永く保管なさってくださいお願いいたします」

「そうか、それならよかろう」

飯田の顔は満面の喜色となり、

――そうだったのか、茶人を気取っていたこの人も、実はこんなにも欲の皮が突っ張っていたのだな――

源左衛門は内心、がっかりしたが、

「これでやっと、宗純のさまよえる魂も安住いたしましょう」

にこにこと笑った。

「それでは早速――」

硯《すずり》と筆《ふで》を取りに立ち上がりかけた飯田に、

「お待ちください。まだ、準備がすんでおりません」

孝陽は呼び止めた。

「このお屋敷には悪い気が満ちております。悪い気が少しでもあると、宗純は降りてきてくれません」

と言い、源左衛門は、

「藩邸に悪い気とはいったい何でございましょうね。いったい何で──」

せわしく首をかしげて見せた。

孝陽は、

「何やら油の臭いもしております。油と関わって、何か思い当たることはありませんか──」

「これといっては」

飯田は目を逸らせた。

「ああ、大変だ」

孝陽は叫んだ。さらに、

「今、まさに、あなたの背中に黒く悪い気が襲いかかろうとしています。いけません、いけません、これはお仲間の裏切りです」

ぎょっとした飯田は、

「裏切り──」

と呟いてふらりと立ち上がった。

「しばらく待たれよ」

廊下へ出た。

「つけるのだ」

孝陽は源左衛門を促した。

飯田は長い廊下を歩いて、書院近くの小部屋の前に立った。

「津崎孝之介《つざきこうのすけ》」

小声で囁くと、がらりと襖が開いて、

「御家老」

がっしりとした身体つきの若者が出てきた。知力も備えた美丈夫だが冷たい目をしている。

「中田屋はまだか？」

飯田は訊いた。

「まだです」

「なぜ遅い？　念には念を入れて、おまえが津山孝一郎の名で書いた注文書を、与七という手代から取り返してくれるはずだぞ。そこまでやってくれるというから、相模屋潰しの件、相模屋から取り上げた油だけで我慢してやり、中田屋や他の油屋からのものは、そっくり返してやったのだ。それにこちらは、相模屋が中田屋たちに書いた借用書も押さえてある。注文書と交換するためだ」

「そのことで、お客人が帰られた後にでもご相談をと――」

「何の相談だ」

「実はこんなものが放り込まれておりました」

「早く見せろ」

飯田は津崎の手にあった紙をひったくった。

「不審な文でございます。〝注文書は津山孝一郎が持っている〟」

「ほんとうはおまえが、相模屋の娘から手に入れて持っているのではないか」

飯田はぎろりと津崎を睨んだ。

「持っているのに持っていないふりをしておる。何か企んでおるからなのではないか――」

「なんと⁉」

津崎が口籠もると、

「そうか、それならここで着ているものを脱げ。脱がずば隠しているものと見なすぞ」

「それは――」

窮した津崎は、左袂《たもと》に押し込んであった注文書の束を出して渡した。

「先ほどの文と一緒に放り込まれておりました。まことにございます」

「では、なぜ、文と一緒に出さなかったのか？」

「それは――」

津崎は額にじっとりと脂汗を滲ませた。飯田はその津崎の右袂を振り払った。すると出てきたのはやはり紙の束だった。

「おのれ、わしの文箱から相模屋の借用書を盗んだな」

そこで、

「如何にも」

津崎孝之介の物言いはがらりと変わり、

「相模屋の借用書は中田屋を、俺の書いた注文書はあんたを脅すことができるからな。どっちも持っていれば金になる。だが、こうなることも考えておいた。証文だけに頼ってはいられない。相模屋から奪った油をそっくりいただいたよ。上方にでも行って、当分、気楽に暮らすには充分だ。油壺はもう掘割まで運び出してある。あんたの命令といえば、造作もないことだったよ。ごろつきとつきあい、娘を言いなりにさせ、おまけに別の名を名乗らされて、商人を騙す。これだけの役目を果たさせておきながら、〝ご苦労〟の一言ではわりが合わぬからな」

冷然と笑った。

「後の祭りとはこのことを言うんだ」

津崎の脇差しが動いた。どうと音をたてて飯田は倒れたが、津崎の所作はすっと吹いた風のように軽やかであった。

――似ている、園田先生の凍花剣に――

廊下で離れて見ていた源左衛門は背筋が冷たくなった。剣術の技量を見る目は仕事柄高かった。

――相当な腕だな――

「どうされました？」

知らぬ顔で源左衛門は声をかけてみた。

「いや、どうしたことか、突然、御家老様がご乱心なさって、お腹を召されてしまって――どういたしたものかと――」

津崎はおろおろとした様子を装った。

――これまた、たいした役者だ――

源左衛門がさらに肝を冷やしていると、

「迷うことはなかろう」

孝陽のその言葉とともに、二刀の刀が廊下の宙に舞った。廊下を照らし出している行灯の光が、津崎と孝陽、各々の刀へ命を吹き込んでいる。きらっ、きらっときらめく光だけが見えた。光が凍って輝いている。光と光がつながって、黄金の数珠のように引けている。二刀は一瞬たりとも、止まることなく舞い続けている。

音はなく、二刀は刃を交えることもない。緊迫した時だけが流れていく。ほんの瞬時のはずが、源左衛門にはひたすら長く感じられ、また、終わった時の静寂が怖かった。できれば目をつぶっていたかったが、

――しかし、己も剣と関わる者、逃げることはできない――

源左衛門はこらえて見守り続けた。

そして、とうとう光の交わる時が来て、刀がかちーんと凍りついた音をたてた。音とともに孝陽と津崎の身体が、どどっと地響きをたてて、床の上に転がった。孝陽は津崎の下に組み敷かれているかのように見える。

だが、

「大事ない」

と言って立ち上がったのは孝陽であった。

「大丈夫ですか」

駆け寄った源左衛門に、

「大事ない」

繰り返しながら孝陽は息を切らしていた。

水村藩では家老飯田常之介と馬廻り役津崎孝之介の死を病死と届けた。中田屋庄右衛門と雇われていたごろつきたちは、相模屋の手代与七殺しの罪に問われて厳罰となった。無理やり片棒を担がされていた番頭の伊之吉は、罪一等を減じられて遠島とされた。

津崎が掘割まで運び出していた油は、上方へではなく相模屋へ戻された。孝陽は、

「もとの持ち主のところへ戻るまでのことだ」

と呟き、証文の類については、風呂を焚く時に一緒に燃やしてしまった。この時、和木は、

「奉行所はとかく杓子《しゃくし》定規だからな、事情が事情でも、借用書などあるとめんどうなものだ。仕方なかろう」

と賛同した。

「おぬしもやさぐれたな」

孝陽はニヤリと笑った。

墨堤《ぼくてい》の桜の蕾《つぼみ》がほころぶ頃となった。

源左衛門は相模屋の兄妹が力を合わせて、店を盛り上げているという話を、孝陽に伝えに行きたくて仕方がない。

ベスト時代文庫

雪中花 やさぐれ三匹事件帖

和田はつ子

2007年11月1日初版第1刷発行

発行者……………… 栗原幹夫
発行所……………… KKベストセラーズ
〒170-8457 東京都豊島区南大塚2-29-7
振替 00180-6-103083
電話 03-5976-9121(代表)
http://www.kk-bestsellers.com/

DTP……………… (有)緑舎
印刷所……………… 凸版印刷
製本所……………… 明泉堂

落丁・乱丁本はお取替えいたします。
定価はカバーに明記してあります。

Printed in Japan ISBN978-4-584-36615-8